Fendre l'armure

Anna Gavalda

Fendre l'armure

le dilettante
7, place de l'Odéon
Paris 6e

© le dilettante, 2017
ISBN 978-2-84263-913-6

à Bénédicte

L'amour courtois

1

– Arrête, j'te dis. C'est même pas la peine d'insister.

J'avais pas du tout envie d'y aller. J'étais crevée, je me sentais moche et en plus, j'étais pas épilée. Dans ces cas-là j'assure que dalle et comme je sais que je vais rien choper, je finis toujours défoncée comme un terrain de manœuvres.

Je sais, je suis trop délicate mais bon, c'est plus fort que moi, si je suis pas nickel et la chatte au carré, je m'accorde aucune ouverture.

Sans compter que je m'étais pris la tête avec mon connaud de chef pendant que je finissais mes cages et que ça m'avait bien minée.

C'était à propos de la nouvelle gamme de chez ProCanina, la *Puppy Sensitive*.

– Je la vendrai pas, que je lui répétais, je la vendrai pas. C'est du foutage de gueule. *Contribue au développement du cerveau et de la vue*, j'ai encore relu en lui rendant son putain de sac de croquettes à vingt-sept euros les trois kilos, développement du cerveau, n'importe quoi, hé, si c'était vrai, y feraient bien de se les bouffer eux-mêmes, ces blaireaux.

Mon ti'chef s'était éloigné en crachotant : et son rapport, et ma tenue, et mon langage, et mon CDI que j'aurai jamais, et tatati et gnagnagna, mais je m'en tamponnais la guitoune. Je suis invirable et il le sait aussi bien que moi. Depuis que je suis là, les bénéfices ont fait deux fois le tour du compteur et dans ma dot j'ai raboulé toute mon ancienne clientèle de chez Favrot, alors...

Dans ton cul, la pointeuse. Dans ton cul.

Je ne sais pas pourquoi il est tellement à cran avec ce fournisseur. J'imagine que le commercial lui promet tout un tas de trucs. Des coques de téléphones en forme de croquette, du dentifrice pour son caniche ou des week-ends à la mer... Ou mieux, tiens, un week-end à la mer déguisé en séminaire de vente pour aller se faire baguer le nœud loin de bobonne.

Ce serait bien le genre…

J'étais chez ma copine Samia. Je mangeais des pâtisseries de sa mère en la regardant qui se lissait les cheveux, mèche après mèche après mèche après mèche. Ça prenait des plombes. Genre porter le voile, à côté, c'était la libération de la femme. Je léchais mes doigts pleins de miel et j'admirais sa patience.

– Mais euh… depuis quand vous vendez des trucs pour les papis ? elle m'a demandé.

– Hein ?

– Ben, tes croquettes, là…

– Nan. Peu-ppy. Ça veut dire chiot en anglais.

– Oh, pardon, elle ricanait, ouais et alors ? C'est quoi le problème ? T'aimes pas leur goût ?

– …

– Hé, c'est bon. Fais pas cette tête. Si on peut plus rien dire. Et puis viens avec moi ce soir. Allez… Steuplaît… Allez, ma Lulu… Me laisse pas tomber pour une fois.

– C'est chez qui ?

– L'ancien coloc de mon frère.

– Je le connais même pas.

– Moi non plus, mais on s'en fout! On mate, on choise, on fait plouf-plouf et on se raconte!

– Connaissant ton frangin, ça va encore être un truc de bourges…

– Eh ben! C'est bien, les bourges! C'est du bon miam-miam, ça, madame! Pas besoin d'appeler quatorze cousins pour trouver du matos et le matin, y en a même qui te ramènent des croissants des fois.

Vraiment, j'étais pas chaude. J'osais pas lui dire mais j'avais plein d'épisodes de *Sexy Nicky* à rattraper et puis j'en avais ma claque de tous ses plans de miséreuses.

L'idée de reprendre le RER me déprimait, j'avais froid, j'avais faim, je sentais la crotte de lapin et j'avais envie d'être toute seule dans mon lit avec ma série.

Elle a posé son Babyliss et s'est agenouillée devant moi, la bouche en forme de cœur et les mains jointes.

Bon.

Je me suis dirigée vers sa penderie en soupirant.

L'amitié.

La seule chose qui contribue au développement de mon cerveau.

– Prends mon top Jennyfer! elle m'a lancé depuis la salle de bains, il t'ira trop bien!

– Euh… Le truc trop de pouf, là?

– Arrête, il est super beau. En plus, y a une petite bestiole en strass devant. C'est pour toi, je te dis!

Rebon.

Je lui ai emprunté sa tondeuse à frifri, j'ai pris une douche et je me suis démanchée comme j'ai pu pour faire rentrer messieurs Roro et Ploplo dans son tee-shirt XXS avec le Kitty qui scintille.

Arrivée en bas, près des boîtes aux lettres, je me suis retournée devant le miroir histoire de vérifier qu'on voyait bien la barbichette de mon Moumou dépasser du boule.

Ah, nan, mince… Il a fallu que je tire d'un poil sur la peau de mon slim.

J'adorais ce tatouage. C'était Mouchou (je crois que ça s'écrit Mushu, en vrai) (le dragon de Mulan) (moi, sans rire, ce dessin animé, je l'ai vu au moins cent cinquante-six fois et à chaque fois j'ai pleuré. Surtout au moment de l'entraînement quand elle arrive à grimper tout en haut du poteau.)

Le mec qui me l'a tatoué m'a juré que c'était un vrai de l'époque Ming et je le crois vu qu'il est chinois aussi.

– Wouhaaa… Tu déchires.

Comme c'était ma meilleure amie, j'ai pas trop percuté le compliment, mais quand j'ai vu la gueule du mec qui sortait de l'ascenseur, j'ai compris que ouais, ça le faisait.

Il n'en pouvait plus.

Sami lui a montré le mur :

– Hé, m'sieur… Y a l'extincteur, là…

Le temps qu'il imprime, on était déjà dans la rue à courir vers la gare en gloussant et en se tenant super fort par la main parce qu'avec les talons qu'on avait, c'était carrément Panpan et Bambi à *Holiday On Ice*.

On a pris le SCOP de 19 h 42 et on a checké qu'en cas d'abus y aurait toujours le ZEUS du retour à 00 h 56. Ensuite Samia a sorti ses sudokus pour faire genre cageot du soir bonsoir sinon on se fait tout le temps emmerder.

2

Truc de bourges, t'as raison. Y avait au moins quatre digicodes avant d'arriver aux Chipster.

Quatre !

J'te jure, la préf de Bobigny à côté, c'était la ferme Playmobil.

À un moment j'ai même cru qu'on allait passer la nuit derrière la poubelle jaune. J'étais dingue. Du pur Sami la galère j'ai-plus-de-crédit-mais-j'envoie-quand-même.

Heureusement qu'un mec est sorti pour faire pisser son schnauzer nain sinon on y serait encore.

On s'est jetées sur lui. Le pauvre, je crois qu'il a trop flippé sa race. Pourtant j'écraserais jamais un animal. Même si les schnauzies, j'avoue, c'est pas trop mon truc. J'ai jamais kiffé les poils durs. La barbe, les moustaches, la frange du ventre, les tours de pattes et tout, sérieux c'est trop de misère en entretien.

À force de mettre la dawa dans tous les interphones, on a fini par nous laisser rentrer et une fois au chaud, c'est sûr qu'on n'a pas mis trois plombes à trouver l'antigel.

Tout en sirotant un verre de punch tiédasse et limite écœurant, j'ai périscopé à 380 pour soupeser la marchandise en libre-service.

Mouaiff. Je regrettais déjà ma série. Rien que du petit minet élevé sous la mère. Pas du tout ma came.

C'était un machin d'artistes si j'ai bien compris. L'expo photo d'une meuf qui était allée en Inde ou je ne sais où. J'ai pas trop regardé. Pour une fois que j'étais du bon côté du périph, j'avais pas envie qu'on me remontre des pauvres.

C'est bon, j'avais ce qui fallait à la maison.

Sami était déjà en train d'affoler une espèce de gothique avec la mèche rebelle et le khôl Gemey à sa maman et franchement je calculais mal son plan carnaval quand j'ai repéré que son petit Dracula tout clouté avait un pote en Gucci juste à côté de lui.

Et là, OK. Là, tilt. Là, c'était le bon selfie.

Parce que je la connais, ma Yaya. L'idée que pour la première fois de sa vie, elle allait peut-être se frotter à une ceinture de chez Goutch qui venait pas de la porte de Clignancourt, ça devait déjà bien lui préparer le terrain au mec.

À sa teub, disons.

Pour pas avoir l'air de trop tenir la chandelle, je suis allée visiter l'appart.

Bof.

Y avait que des livres.

Je plaignais la femme de ménage...

Je me suis penchée pour regarder la photo d'un chat. C'était un sacré de Birmanie. Ça se voyait à ses petits chaussons blancs. J'aime bien, mais c'est fragile. Et puis faut voir les prix... Pour un sacré, t'as deux siamois, ça fait cher les petons. Ça m'a fait penser que j'avais encore tous mes griffoirs et mes arbres en corde à déballer. Pff... J'ai carrément plus de place dans ce rayon. J'attendrai la fin de la promo sur les...

– Je vous présente Arsène.

Putain, mais c'est qu'y m'avait fait peur, ce con.

Je l'avais pas vu. Le type dans le fauteuil juste derrière moi. Il était caché dans l'ombre et on voyait que sa jambe. Enfin... que ses chaussettes de tantine et ses bottines noires. Et puis sa main sur l'accoudoir. Sa grande main qui jouait avec une toute petite boîte d'allumettes.

– Mon chat. Celui de mon père, pour être plus précis. Arsène, je te présente…
– Euh… Lulu.
– Lulu ?
– Oui.
– Lulu… Lulu… il a répété en prenant un ton hyper mystérieux, Lulu, ce peut être Luce ou Lucie. Lucille peut-être… Voire Ludivine… À moins que… Lucienne ?
– Ludmila.
– Ludmila ! Quelle chance ! Une héroïne de Pouchkine ! Et quid de votre Rousslan, ma chère ? Toujours à votre recherche avec ce coquin de Rogdaï ?

Au secours.
Putain, à chaque fois qu'y en a un qui s'échappe de la Cotorep, tu peux être sûr qu'il est pour moi.
T'as raison. Quelle chance.

– Pardon ? j'ai fait.

Il s'est levé et j'ai vu qu'il avait pas du tout le physique de ses pieds. Qu'il était carrément mignon, même. Mince, ça ne m'arrangeait pas tellement.

Il m'a demandé si je voulais boire quelque chose et quand il est revenu avec deux verres qui n'étaient pas des gobelets en plastique, mais des vrais verres en verre de sa cuisine, on est allés fumer sur le balcon.

Je lui ai demandé si Arsène c'était à cause d'Arsène Lupin et de ses gants blancs pour qu'il capte tout de suite que j'étais pas aussi conne que j'en avais l'air et là, direct, j'ai vu comme une petite déception lui moucher le regard. Il m'a félicitée en en faisant des tonnes mais on voyait bien qu'il se disait : Ah merde, elle va pas être aussi facile à sauter qu'elle en a l'air, cette conne.

Eh oui. Faut pas se fier. Je suis grossière, mais c'est ma tenue de camouflage. Comme les geckos sur les troncs d'arbre ou les renards d'Arctique qui changent de pelage en hiver, mon côté voyant, c'est pas mes vraies couleurs.

Y a des poules, je me souviens plus de leur nom, qui ont des plumes derrière les pattes, comme ça elles effacent leurs traces au fur et à mesure qu'elles avancent, eh bien moi c'est pareil sauf que c'est dans le sens contraire : je brouille tout avant même d'entrer en contact.

Pourquoi ? Parce que y a toujours mon corps qui fausse ma nature.

(Et encore plus quand je m'habille avec les tee-shirts en papier tue-mouches de ma copine Samia, j'avoue.)

Donc on a commencé par son chat puis les chats en général et ensuite les chiens et blablabla qui sont moins nobles mais vachement plus affectueux et de là, fatal, on est arrivés jusqu'à mon boulot.

Ça l'éclatait trop de savoir que c'était moi la responsable de toutes les bestioles de l'Animaland de Bel-Ébois.

– Toutes ?!

– Ben oui... Les asticots de pêche, les chiens, les cochons d'Inde, les gerbilles, les carpes, les perruches, les canaris, les hamsters et... euh... les... les lapins... nains, bélier, angora... Plus tous ceux que j'oublie maintenant à cause du rhum, mais qui sont là quand même, hein !

(En vrai je ne suis pas vraiment la responsable, mais comme il habitait en face de Notre-Dame et moi derrière le Stade de France, je me suis sentie obligée de rééquilibrer un peu les mangeoires.)

– C'est magnifique.
– De quoi ?
– Non, mais j'entends par là, c'est pittoresque. C'est romanesque.

Ah, ouais ? j'ai pensé. Transbahuter, étiqueter, soulever, empiler des sacs de bouffe presque aussi lourds que toi, te taper la clientèle, les éleveurs à la con qui savent toujours tout mieux que tout le monde, les maîtres-chiens qui te font chier avec les tarifs, les mémés qui te tiennent la jambe pendant des plombes avec leurs histoires de vieilles chattes abandonnées et ceux qui te demandent d'échanger le hamster mort de leur gosse en soupirant trop vénères comme si c'était pas la bonne taille. Te cogner les chefs, découvrir les plannings qui changent en fonction des lèche-culs, te battre pour tes pauses, nourrir toute la smala, vérifier les abreuvoirs, séparer les dominants, caner les moribonds, lourder les calanchés et changer plus de soixante-dix litières par jour, c'était vraiment pittomachin, là ?

Sûrement que oui vu qu'il m'a posé mille milliards de questions.

Qu'est-ce que ça signifiait, les Nac, et si c'était vrai que des gens élevaient des pythons et des cobras dans leurs deux-pièces, et si ça marchait vraiment les friandises à la menthe pour les chiens vu que le labrador de son grand-père refoulait grave (après il ne disait plus mon grand-père quand il en parlait, il disait mon « Bon-Papa » comme dans les pots de confiture pour les bourges, c'était mignon), et si j'aimais les rats, et si c'était vrai que le film *Ratatouille* avait créé une ratemania, et est-ce que je m'étais déjà fait mordre, et est-ce que j'étais vaccinée contre la rage, et si j'avais déjà tenu un serpent, et quelles races partaient le mieux, et...

Et que devenaient les invendus ?

Qu'est-ce qu'on faisait des chiots devenus trop grands ?

Est-ce qu'on les butait ?

Et les souris alors ? On les donnait à des labos quand on en avait trop ?

Et puis si c'était vrai que les gens jetaient leurs tortues dans les toilettes, que les punks à chien étaient des vraies mémères à Youki, que les lapins n'aimaient pas les plants de cannabis, que des crocos en liberté se baladaient dans les égouts de Paris et... et...

Et j'étais soûlée. Mais dans le bon sens. Pas énervée, soûlée.

Pompette, quoi.

Et comme j'adore mon boulot, franchement ça ne m'a pas gênée de remettre ma blouse. Même dans un appart de riches et bien après l'heure de la fermeture.

Je lui racontais tous mes rayons des copeaux jusqu'au plafond et il m'écoutait super attentivement en répétant : Excellent. Excellent. Excellent.

– Et les poissons aussi ?
– Les poissons aussi, j'ai acquiescé.
– Allez-y. Faites-moi l'article.

C'était bizarre. Je m'amusais super bien alors que je n'étais même pas bourrée.

C'était... Comment qu'il avait dit déjà ?

Pittoresque.

– Eh bien monsieur, avant tout, il faut choisir entre eau de mer et eau douce parce que ça ne sera pas le même équipage. Mais sinon, pour un aquarium potable, je vous conseillerais le très joli scalaire qui se déplace majestueusement avec ses longues nageoires élégantes et puis le discus en forme de disque qui est vraiment magnifique.... Et puis les danios, les barbus, les rasboras et les tétras néons qui sont de véritables bijoux aux reflets fluorescents... Comme des vers luisants, mais dans l'eau... Sans oublier les otocinclus, ces grands nettoyeurs qui mangent des algues et les hypostomus qui nettoient les vitres et... euh... moi, j'aime aussi le botia au corps rayé de trois bandes noires, très classe, mais lui, c'est plutôt un habitant du fond. On ne le voit pas souvent. Et les guppys... Et les gouramis, aussi. Mais avec eux, y faut se méfier, ce sont des emmerdeurs. Ils auraient tendance à bouffer les néons justement. De toute façon, je vous conseille de les élever tous ensemble et de les prendre tout petits. Bien entendu, nous vous offrons aussi un large choix d'aquariums. Aquatlantis, Nano, Eheim, Superfish, plus tous les accessoires disponibles sur le marché, ainsi qu'une large sélection d'importations en exclusivité. Gravier, galets, algues, plantes, décors, systèmes de filtration, chauffe-eau, pompes à air et kits à pH. Vous voyez... Rien ne manque...

C'était la première fois que je rencontrais

quelqu'un d'aussi intéressé, de fasciné même, par mon train-train quotidien.

Ma réserve à l'autre bout du magasin, mes kilomètres de marche, ma fatigue, mes soucis d'hygiène, mes galères de gale, de teigne, de coryza et tout ça. En plus, je crois que c'était sincère. Que ça l'intéressait vraiment. Sinon on s'en serait rendu compte plus tôt, qu'on était en train de mourir de froid à jacasser comme ça, accoudés au-dessus de Paris en plein hiver.

Je ne dis pas qu'il me matait pas un peu en fouine, mais c'était… euh… c'était comme lui, quoi : tranquille. Et ça aussi, ça me dépaysait. Mes seins et moi, on n'avait pas l'habitude de tant de gentilles manières.

Comme j'avais la chair de poule il m'a proposé de rentrer et on est retournés dans la musique et la fumée.

Il n'avait pas encore refermé la porte-fenêtre qu'une meuf super maigre a zoomé sur lui en lui demandant toute gémissante et bien excitée où il était passé, ce qu'il faisait, pourquoi la musique était aussi pou… et là, elle s'est interrompue parce qu'elle venait juste de me calculer.

Hé, ça l'a dessoûlée direct, la limande.

– Ah, pardon, elle a mimiqué, j'ignorais que tu étais en… euh… en si *bonne* compagnie…

(Si, si. J'ai pas rêvé. Elle avait vraiment appuyé sur le « bonne », cette petite pute.)

Et il a répondu dans un sourire de chat :

– Non. Tu ne savais pas.

Elle m'a regardée en tirant le plus loin possible sur sa grande bouche pour me lancer un gentil sourire qui disait à peu près « Hormones déjà pschitées, territoire déjà marqué alors la grosse elle va dégager fissa sinon je lui crève la panse » et ensuite elle s'est crochetée à son bras pour le remorquer jusque vers les autres.

J'en ai profité pour chercher ma Sami, mais sans succès.

Probable qu'elle était déjà en route pour l'Italie via le triangle des Bermudes…

Y avait plus rien à manger, la musique était vraiment merdique, genre bruyante mais qui doit surtout pas déranger les voisins et tous les invités s'étaient conglomérés en petits groupes bien refermés sur eux-mêmes.

J'ai sorti un pull de mon sac, je l'ai enfilé pour pas que mon Mouchou prenne froid à son petit bout du nez et, avant d'aller récupérer ma parka, j'ai scanné une dernière fois l'appart histoire de dire au revoir à la seule personne qui m'avait adressé la parole de toute la soirée.

Impossible de le trouver. Lui qui était si passionné y a deux minutes, y m'avait total zappée sitôt que l'autre morue lui avait mis le grappin dessus.

Bah... Ce sont des choses qui arrivent. Enfin, à moi, elles arrivent. Souvent, même. Dès qu'un mec s'intéresse à autre chose qu'à ma marchandise, son intérêt, y ne dure pas très longtemps en général.

Vite pelotée ou vite jetée. C'est mon desssss-tin.

Je racontais tout à l'heure tous les emmerdements que me causait mon boulot mais le truc, c'est que jamais une seule de mes bestioles ne m'aurait traitée de cette façon. Jamais.

Quand je leur consacre du temps, que je suis réglo avec elles et que je fais attention à leur bien-être, elles s'en souviennent.

Et quel que soit le moment de la journée, à chaque fois que je passe devant leurs cages, elles ont toutes une façon de me témoigner leur amitié.

Elles s'arrêtent de bouffer, elles lèvent la tête,

y en a qui piaillent, d'autres qui couinent, qui pioupioutent, qui trépignent, qui sifflent ou qui chantent, même, et dès que je m'éloigne, hop, ça se remet à becter.

D'ailleurs, à chaque fois que j'en ai une qui part, je suis triste. Même si c'est qu'une petite souris blanche ou une perruche à la con et même quand les clients ont l'air gentils.

J'ai les boules et je ne moufte plus rien pendant des heures.

Samia dit que c'est parce que mes parents sont loin et que je fais de la rétention de manque d'amour. Je ne sais pas. Je pense surtout que je suis juste conne en fait.

Houh. Ça caillait dur. Dedans. Dehors. Dans ma tête et dans la rue. J'avais les doigts en esquimaux et le moral tout pareil.

Exactement le genre de moment où c'est une super mauvaise idée de se faire un bilan de sa vie et exactement le genre de moment où tu ne peux pas t'en empêcher.

J'étais célibataire. Je vivais dans un studio merdique. Encore plus petit que mon chenil de détente au travail. Tous les dimanches, j'allais chez ma sœur et je jouais avec ses mômes pour qu'elle puisse aider son mari à finir leur pavillon et pendant les vacances je ne partais jamais vu que je prenais en pension des animaux de mes clients chouchous et de quelques locataires de l'immeuble. Et aussi Shirley, la petite york de la gardienne. Ça me donnait un prétexte pour ne pas aller voir mon oncle et ma tante et puis ça me payait un loyer.

Et le reste du temps, je tafais.

Quelquefois, je sortais avec des copines et je me retrouvais dans des histoires plus nazes les unes que les autres. Enfin, je dis « histoires », c'est pas vraiment le bon mot mais bon, on se comprend.

J'ai une collègue qui me tanne pour que je trouve l'amour sur Internet mais moi ça me dit trop rien.

À chaque fois que j'ai commandé des trucs en me fiant aux photos, j'ai été déçue par le résultat. Les gens, y sont tarés avec leurs ordinateurs. Ils y croient à fond alors que c'est juste de la marchandise à vendre dans une vitrine lumineuse.

Personne n'imagine que je suis comme ça. Que je suis du genre à me faire des bilans toute seule dans ma tête, que je sais reconnaître les bons mots des mauvais et que j'ai même des opinions sur Internet.

De toute façon, personne ne sait rien, alors....

Moi, y a encore quelques heures, je ne savais même pas qu'il y avait deux îles au milieu de Paris. Je venais juste de l'entraver sur le balcon en discutant. À vingt-trois ans, c'était pitié.

Je cavalais vers Châtelet parce que j'avais peur de louper mon RER et que je n'avais vraiment pas les moyens de prendre un taxi en ce moment quand j'ai entendu :

– Princesse ! Princesse ! Ne courez pas si vite ! Vous allez perdre votre pantoufle !

Nan...

J'y croyais pas...

C'était encore l'agent Mulder...

Il avait peut-être un dernier truc à me demander ? Le prix d'un canari ou d'une boule à furet ?

Il était plié en deux et il essayait de reprendre son souffle :

– Pou... Pourquoi êtes-vous par... partie si vite ? Vous... fff.. vous ne voulez pas prendre un... fff... dernier verre ?

Je lui expliqué que je voulais pas rater ZEUS et ça l'a fait rire, ensuite il m'a proposé de m'accompagner dans l'Olympe et ça m'a rendue triste.

J'avais affaire à du lourd et je savais très bien que je n'allais pas pouvoir suivre la mise très longtemps. Que j'allais être obligée de me coucher si je voulais continuer à jouer. Oui, je le savais, qu'à part ma ménagerie, j'avais pas grand-chose en magasin et que mes autres atouts, ils étaient vachement plus communs.

Je n'ai rien répondu.

Nous avons dévalé les marches ensemble et comme il n'avait pas de ticket, je lui ai fait signe de me coller pour passer les tourniquets.

Hé, hé... Moi aussi, je me le suis offert, mon sourire à la Garfield.

La station était déserte et l'atmosphère bien craignos : un Dealer Price express qui venait d'ouvrir à l'entrée du tunnel, quelques fêtards déjà bien attaqués et des agents de ménage morts de fatigue.

Nous nous sommes assis sur le dernier banc de libre tout au bout du bout du quai et nous avons attendu.

Vieux silence.

Il parlait pas, il ne posait plus de questions et moi j'avais trop peur que ça se voie, mes années d'école toutes pourries et mon CAP raté, alors je faisais le gecko : je demeurais immobile et fondue dans mon élément.

Je lisais les pubs, je regardais mes pieds et les bouts de journaux qui traînaient par terre, j'essayais de deviner les mots manquants et je me demandais s'il allait vraiment me suivre jusqu'à chez moi. Ça m'angoissait total. J'étais prête à tracer jusqu'à Eurodisney en passant par Orly pour l'empêcher de se faire la moindre idée de ma vie et de là où j'habitais.

Lui, il observait les gens et on sentait qu'il mourait d'envie de leur poser autant de questions qu'à moi.

Combien le gramme ? Et d'où elle vient ? Et c'est quoi votre marge ? Et s'il y a du grabuge, qu'est-ce que vous faites ? Vous vous enfuyez par le tunnel, c'est ça ? Et vous ? C'était quoi comme fête ? Un anniversaire ? Un match de foot ? Et vous allez où maintenant ? Et dites-moi, c'est encore votre maman qui va nettoyer tout ce vomi, là ? Et vous, madame ? C'était des bureaux ou un magasin ? C'était dur ? Ils vous fournissent des aspirateurs assez puissants au moins ? Vous venez de quel pays ? Et pourquoi vous avez été obligée de le quitter ? C'était combien, les passeurs ? Vous avez des regrets ? Oui ? Non ? Un peu ? Et des enfants, vous en avez ? Qui s'occupe d'eux pendant que vous attendez un RER à minuit passé et si loin du Mali ?

Au bout d'un moment quand même, pour faire genre je rétablis le contact, je me suis lancée :

– On dirait que tous les gens vous intéressent.

– Oui, il a murmuré, c'est vrai. Tous... Vraiment tous...

– Vous travaillez dans la police ?

– Non.

– Vous faites quoi ?

– Je suis poète.

'Tain, j'ai eu l'air con. Je ne savais même pas que ça existait encore comme profession.

Il a dû s'en rendre compte car il a ajouté en se tournant de mon côté :

– Vous ne me croyez pas ?

– Si si, mais... euh... c'est... C'est pas vraiment un métier, quoi...

– Vraiment ?

Et d'un coup, tac, il est devenu hyper triste.

Le visage gris et les yeux de cocker abandonné. Sérieux, ça devenait moins drôle et j'avais hâte que ma citrouille se raboule.

– Peut-être que vous avez raison, il a continué tout bas, peut-être que ce n'est pas un métier. Mais alors quoi ? Un leurre, une faveur, un honneur ? Une imposture ? Une fatalité ? Ou une affectation commode pour baratiner une jolie fille dans un endroit sinistre en attendant le dieu de la foudre ?

Et merde. Retour dans la quatrième dimension.
Voilà ce qui arrivait quand on fricotait plus haut que son cul, on perdait l'équilibre au premier courant d'air.
Et cette grosse feignasse de RER qui n'arrivait toujours pas…

Après un silence bien plus plombant que ceux d'avant vu qu'il ne regardait plus autour de lui à présent mais à l'intérieur et que ce qu'il découvrait avait l'air vachement moins « pittoresque » et « romanesque » que deux camés, trois épaves et une bonniche usée, il a ajouté sans lever la tête de ses pensées :
– Et pourtant. Vous, Ludmila, par exemple.

Vous. Vous êtes la preuve que les poètes ont une raison d'être. Vous êtes...

Je ne réagissais pas d'un millimètre vu que j'étais bien curieuse de savoir ce que j'étais.

– Un rêve de blason.

– Pardon ?

Lumière. Le voilà qui était revenu parmi nous :

– Au XVIe siècle, reblablata-t-il, de nouveau joyeux et sûr de lui, tous les rimeurs, rimailleurs, versificateurs et autres rêveurs s'y sont astreints, frottés devrais-je dire, à ces divins appas dont vous nous faites l'aumône quelquefois. Imaginer un blason, c'était magnifier le plus simplement et le plus délicatement possible les différentes parties du corps féminin et vous, belle Loulia, vous quand je vous ai...

Il s'est approché pour pouvoir toucher ma tête et il a dit doucement :

– *Cheveux longs, beaux et déliés,*
Qui, mon cœur, tant plus fort liez...

Puis sa main a longé mes piercings et mes anneaux :

Oreille qui au cœur imprime
Ce que la bouche lui exprime.
Oreille à qui il faut parler
Qui veut jusqu'à la joue aller...

et m'a fait loucher :
Sourcil qui chasse et provoque les nues
Selon que sont ses archées tenues...

Ensuite, et comme dans une comptine pour les mômes, son index a continué de se promener sur mon visage :
Nez joliet, poli, bien façonné
Ni court, ni long, bien proportionné...

Je souriais. Alors il a toqué sur mes quenottes :
Ô, belles dents, jointes, et bien unies,
C'est grand plaisir de voir votre bel ordre,
Mais grand ennui quand n'avez rien que mordre !
Et là, j'ai ri.

Et comme j'ai ri, j'ai su que j'étais cuite. Enfin que je pouvais l'être. Que ça sentait bien le roussi tout à coup.

« Train à l'approche », clignotait le panneau. Je me suis levée.

Il m'a suivie.

Nous étions les seuls à l'horizon et nous nous sommes assis l'un en face de l'autre.

Là encore, vieux silence bizarre perdu dans le bruit des rails. Au bout de quelques minutes, il a ajouté comme si de rien n'était :

– Bien sûr, il en existe beaucoup d'autres... De blasons, j'entends. Vous imaginez bien qu'entre vos cheveux et le bout de vos orteils, il y a, enfin, *il y aurait,* bien d'autres sources d'inspiration...

– Ah ouais ? j'ai fait en m'empêchant de sourire.

– Le plus célèbre par exemple. *Le Blason du beau tétin* du grand Clément Marot.

– Je vois le genre...

Je me forçais à compter les loupiotes du tunnel pour garder mon sérieux.

– Ou le nombril, par exemple. Ce *Petit Nœud, qui, des mains divines, après tout le reste parfait, a été le fin dernier fait,* il me regardait en souriant, ce *petit quignet où se musse la voulenté de chatouilleuse jouissance...*

– Le nombril aussi ?!? je me suis bien étonnée sur le ton de la petite fayote qui s'intéresse trop aux conneries du prof.

– Eh oui... Comme je vous le dis... Le nombril et ses voisins du dessous...

Mais quelle soirée. Mais quel plan drague de martien. C'était vraiment du pur n'importe quoi. Si on m'avait dit qu'un jour je prendrais le D de minuit avec Victor Hugo en personne et qu'en plus ça me chaufferait le bedon, franchement je me serais retournée pour voir de qui on parlait.

Alors j'ai demandé, genre sainte Quitouche :

– Et donc ? Vous ne vous en souvenez plus de ceux-là ?

– Si, mais… euh…

– Euh, quoi ?

– Eh bien, je ne voudrais choquer personne. Nous sommes dans un lieu public tout de même, il a chuchoté en me montrant du coin de l'œil le wagon entièrement désert.

Et là, à ce moment-là de ma vie, juste avant d'arriver Gare du Nord, je me suis dit trois choses :

Un : J'avais envie de coucher avec ce gentil canard. J'en avais envie parce que je m'amusais avec lui et que si on y réfléchissait bien il n'y avait quand même rien de plus agréable au monde que de s'amuser à deux dans un lit avec un garçon gentil.

Deux : Je vais souffrir. Je vais encore souffrir. C'est une histoire foirée d'avance. Genre la guerre des mondes, le choc des cultures, la lutte des classes et tout ça. Donc je ne donne rien. Je me désape, j'écoute les bouts de moi qui ont les crocs, je régale et je me casse. Pas de zéro-six, pas de texto le lendemain, pas de petits bisous dans le cou, pas de câlins, pas de sourires, pas de rien.

Rien de tendre. Rien qui pourrait faire des souvenirs. Le blason, OK, mais trop trop blasée sinon je vais encore chialer comme une conne pendant des plombes lundi matin en serrant dans mes bras mes bébés lapins.

Parce que toute cette ribambelle de petits poèmes tactiles c'était très joli, mais c'était typique un truc de drague super bien rodé. Pour tous les connaître par cœur, c'est qu'il avait dû le faire des milliers de fois déjà.

En plus, j'ai même pas les cheveux longs.

Donc silence là-haut qu'on se récapitule avant l'assaut. La feuille de route, elle est très simple :

Bonjour monsieur, Bienvenue monsieur, Au revoir monsieur.

Au plaisir.

Trois : Pas chez moi. Pas là-bas.

– À quoi songez-vous ? s'inquiéta-t-il.

– À une chambre d'hôtel.

– Oh, Seigneur, il a gémi genre trop choqué, les héroïnes de Pouchkine... J'aurais dû me méfier.

Un poète qui a la banane, c'est vraiment très craquant.

Je riais.

– *Ô rire, ainsi tu m'ouvres ton céleste séjour...*

On ne pouvait pas mieux dire.

3

Après la suite des événements, après le petit connin bien embouché d'un bouton vermeillet ou d'un rubis servant de fermeillet et après le cul bien rond, bien mignon, imprenable, assis mieux que sur roche entre deux monts où ennemi n'approche, après toutes ces heures de bonnes choses et de baratins en vieux français du temps jadis, tandis que nous étions en train de récupérer et qu'il me tenait contre lui, je lui ai demandé :

– Et toi ?

– Pardon ?

– Tout ça, c'est des trucs que t'as lus dans les livres, mais toi, tu pourrais m'en faire un, là ? Rien que pour moi ?

– De quoi, un enfant ? il a fait semblant de s'horrifier.

– Mais non, idiot. Un poème.

Il est resté silencieux pendant si longtemps que j'ai cru qu'il s'était endormi, d'ailleurs j'allais en faire autant quand il a soulevé l'une de mes mèches.

Tout en tortillant sur mes fesses les barbillons de mon Mouchou, il a chuchoté à mon oreille :

– Petit saint Georges d'un soir,
J'ai, et c'est là toute ma gloire,
Usé de mon seul jargon
Pour approcher ce dragon.

J'ai souri dans le noir et ensuite j'ai attendu l'heure.

Je ne voulais pas dormir. Ça aurait été trop de confiance, trop d'abandon.

Sûrement que je souffrais déjà malgré moi, sûrement. Quand les gens vous font rire et même s'il a beau le nier, le cœur est déjà baisé.

4

Finalement, j'ai pris le IVON de 06h06.

J'étais plus ou moins avec les mêmes gens qu'à Châtelet quelques heures plus tôt sauf les équipes de ménage qui étaient neuves.

Tout le monde comatait.

Le front contre le froid de la vitre, je mâchais un chewing-gum imaginaire pour empêcher ma gorge de m'étrangler.

J'avais très envie de pleurer. Je me retenais à des conneries. À la fatigue, au froid, à la nuit... Je me répétais : C'est parce que tu n'as pas assez dormi, mais tout à l'heure, après une bonne douche, tu verras, ça ira mieux. Et je montais le son au maximum pour tout recouvrir encore une fois.

C'était Adele dans mes écouteurs. J'adorais sa voix. C'était la mienne. Toujours au bord de se déchirer. Du coup, bien sûr, j'ai pas tenu jusqu'au bout de la chanson.

Bon ben au moins comme ça j'étais déjà démaquillée.

Niquer, limer, tringler, fourrer, sauter, défoncer, déglinguer, calibrer, harponner, tamponner... On emploie toujours des mots de secours pour dire faire l'amour quand on sait très bien qu'il n'y en a pas d'amour et qu'il n'y en aura jamais. Mais moi – et je l'ai jamais dit à personne et surtout pas à Samia – mais moi, quand je... Moi, y en a toujours. Mon corps, c'est... Mon corps, c'est moi. C'est moi, aussi. C'est *moi* qui vis à l'intérieur et...

Et c'est pour ça que j'y laisse des plumes à chaque fois.

Ou des petites écailles, je devrais dire.

À chaque fois.

Moi, j'ai jamais trahi personne.

Jamais.

J'ai toujours partagé.

Ah, tiens... Revoilà les tours, les tags, les commissariats, les capuches et les crachats.

Revoilà mon petit chez-moi.

En quittant IVON (l'autre, le poète, je ne savais même pas son prénom), j'ai respiré un grand coup et j'ai tracé vite fait jusqu'à ma couette.

Je soufflais sur mes doigts, je me souriais, je me motivais. Allez, que je me disais, allez… Cette fois, c'est différent, tu t'es fait blasonner.

Quand même.
C'était plus classe.

La maquisarde

1

J'avais emménagé avec les enfants dans un minuscule appartement derrière le Panthéon.

Cinquième étage sans ascenseur, mal fichu, biscornu, tout de guingois, je le sous-louais à la sœur de mon ancien directeur de thèse, une femme que je n'avais jamais croisée et à laquelle j'avais été incapable de préciser au téléphone combien de temps j'avais l'intention de rester. Solution provisoire, situation provisoire, arrangement provisoire, elle n'avait eu que ce mot-là à la bouche et je m'étais bien gardée de la contrarier. Bien sûr. Bien sûr. Tout était provisoire. J'avais compris.

De la lucarne de mon bureau, j'apercevais la sortie de secours du sanctuaire des Grands Hommes et j'aimais cette petite porte. J'aimais l'idée de travailler, de dormir, de cuisiner, de serrer les dents, d'élever mes enfants et de tout recommencer à l'ombre des fantômes de Dumas, de Voltaire, d'Hugo ou de Pierre et Marie Curie. C'est ridicule, je le sais, mais je vous promets que c'était vrai. J'y croyais. Ces gens m'aidaient. J'avais dû compacter le plus gros de notre ancienne vie dans un garde-meubles et nous n'avions pas le droit de mettre notre nom sur la boîte aux lettres. C'est un détail, mais le diable se niche dans les détails et en l'occurrence il pouvait bien bicher car même si je m'étais domiciliée chez un oncle, sans boîte aux lettres, si haut perchés, si mal logés et seulement soutenus par des ossements plus vivants que nous, nous n'y étions plus vraiment. Ni là ni nulle part et, n'y étant plus vraiment, nous nous sommes, Raphaël, cinq ans, Alice, trois ans et demi et moi, trente-quatre ans à l'époque, insidieusement coupés du reste du monde.

Leur père s'était tué dans un accident de voiture l'année précédente. Un homme dépressif, élégant et consciencieux qui me laissait bien songeuse quant au caractère accidentel de sa collision avec un calvaire sur une route déserte du Finistère, mais tout à fait fixée sur le plan matériel puisqu'il me léguait, en plus de deux orphelins et d'une Jaguar très endommagée, le « capital décès » d'une assurance vie qui nous mettait à l'abri pour quelques années encore. Combien, je l'ignorais.

Il était beaucoup plus âgé que moi, se savait malade, ne supportait pas l'idée de nous imposer sa déchéance et ne cessait de me répéter que je devais trouver un amoureux plus jeune et mieux portant, que je devais le faire pour moi, pour les enfants et pour le repos de son âme. Surtout pour le repos de mon âme, mon amour... Tu sais comme je suis égoïste... Je l'ai bâillonné aussi longtemps que j'ai pu, à coups de baisers, de protestations, de dénégations, de bravades, de rires et de larmes et puis à la fin, il m'a mouchée quand même.

Je lui en ai voulu. Il m'a longtemps semblé que loin de nous épargner sa déchéance, il nous l'imposait pour toujours. Je n'ai pas convié ses enfants à son enterrement, ni ses parents d'ailleurs, je l'ai accompagné seule au crématorium du Père-Lachaise et j'ai repris le métro dans l'autre sens en cachant sous mon pull une urne encore tiède. Le soir même je me suis soûlée à mort avec Lorenz W., son associé, et je l'ai supplié de me sauter. J'étais très sentimentale alors, mais les jeunes veuves sont souvent très sentimentales. J'ai vécu la tête encastrée dans un calvaire pendant quelques mois et puis j'ai décidé de déménager et ce petit appartement nous a sauvés.

Sans meubles, sans souvenirs, sans voisins, sans boucher, sans boulangère, sans kiosquier, sans garçon de café, sans caviste ou employé de pressing qui l'avait connu et souvent aimé car c'était un homme délicieusement aimable, sans petits copains de classe aussi ingénus que blessants, sans maîtresses compatissantes et bien trop douces pour être honnêtes, sans repères, sans habitudes, sans boîte aux lettres, sans sonnette, sans ascenseur, sans filet, sans rien, nous avons enfin pu donner du mou au chagrin.

Notre vie n'a plus tenu que dans un mouchoir de poche dont les quatre coins se dépliaient comme suit : la supérette d'en bas, l'école maternelle de la rue Cujas, les allées du jardin du Luxembourg et, last but not least, le pub The Bombardier tapi juste en face de l'église Saint-Étienne-du-Mont sur le parvis de laquelle nous faisions halte chaque fin d'après-midi et où Raphaël et Alice buvaient une limonade en recomptant leurs bons points, leurs bleus, leurs billes, leurs cartes Pokémon ou que sais-je encore pendant que leur maman s'arsouillait gentiment mais sûrement.

Une fois les enfants couchés, il m'arrivait souvent de redescendre sur le tarmac du Bombardier et de me mêler sans jamais leur adresser la parole aux grappes d'étudiants du Quartier latin une pinte à la main.

Oui, je faisais cela. Oui, j'enfermais mes petits la nuit et je les abandonnais à leur sort. Ont-ils fait des cauchemars ? Ont-ils eu peur ? Se sont-ils réveillés ? M'ont-ils appelée quelquefois ?
Je ne crois pas.
Les enfants sont si sages…

Sitôt que mon amoureux envisageait son calvaire, il buvait et je l'ai souvent accompagné, après tout j'étais du voyage et, quand il n'a plus été là, j'ai continué la route sans lui. J'avais un problème avec l'alcool, je ne le nie pas. Ah, si, voyez, je le nie encore. Je n'avais pas un problème avec l'alcool, j'étais alcoolique. (C'est terrible, me relisant et tiquant sur ce dernier mot, butant dessus plutôt, me demandant si je n'y allais pas un peu fort et restais la jeune veuve sentimentale que j'évoquais plus haut, je suis allée vérifier la définition du mot *alcoolique* dans un dictionnaire : *Qui boit trop d'alcool.*) Bon. Je buvais trop d'alcool. Je n'ai pas envie de m'étendre sur ce sujet, ceux qui savent savent et n'ont pas besoin qu'on leur raconte avec quel génie le cerveau se met au service du coude et ceux qui ne savent pas ne peuvent pas comprendre. Il arrive un moment où l'on prend conscience que l'alcool (et toutes les pensées qui en découlent, se battre, résister, marchander, céder, nier, gagner du terrain, lutter, négocier, pavoiser, capituler, culpabiliser, avancer, reculer, trébucher, tomber, perdre) est l'occupation la plus importante de la journée. Pardon. Est la seule occupation de la journée. Ceux qui ont une fois, ou plusieurs, mais toujours en vain, tenté d'arrêter de fumer auront une vague idée de la misère morale dans laquelle nous plonge l'inanité d'une telle relation entre soi et soi-même à la différence près, et quelle différence, que fumer n'est pas un acte honteux aux yeux du monde. Voilà. Passons.

Je levais les enfants, je les habillais, je leur beurrais des tartines, je leur servais un chocolat chaud, je les emmenais à l'école, je buvais un café rue Soufflot en feuilletant le journal, je faisais quelques courses, je rangeais notre maisonnette, je leur préparais à déjeuner, je retournais les chercher rue Cujas, je les nourrissais, j'accompagnais de nouveau Raphaël jusqu'à sa classe et je revenais directement avec Alice en pressant le pas pour qu'elle n'ait pas le temps de s'endormir dans sa poussette, je la couchais, je lisais des romans policiers que j'achetais cinquante centimes ou un euro pièce dans les boîtes de chez Gibert, de Boulinier ou des bouquinistes, je la réveillais, nous allions récupérer son frère à la sortie de l'école (babil de la petite fille reposée et sourire du grand garçon enfin libéré, meilleur moment de la journée), je les emmenais au jardin du Luxembourg, je les regardais jouer, je les douchais, je les faisais dîner, je leur lisais des histoires, je les embrassais et je les bordais.

Et pendant tout ce temps, l'étau de l'alcool ne se desserrait jamais.

Jamais et avec plus ou moins d'insistance selon que la lune était dans mon ventre et me vidait de mon énergie ou que mon amoureux venait me parler à l'oreille sans crier gare. Quand il ne faisait que passer pour s'assurer que tout allait bien, j'allais bien, mais quand il s'appesantissait sur mon ventre lui aussi, quand il revenait la nuit et réclamait sa part de lit, sa part de vie, sa part de nous, je me relevais en pleurs et j'allais me bombarder.

Notre vie, disais-je, tenait dans un mouchoir.

Et puis un matin, je t'ai repérée.

2

Je t'ai repérée parce que tu étais belle.

J'étais debout, accoudée au comptoir, à cuver mes nuits trop courtes en lisant les nouvelles du jour ou en écoutant les conversations de mes voisins de sucrier et je t'apercevais dans le miroir au-dessus du bar. Tu étais toujours assise là-bas, tout au fond, à la même place.

J'admirais ton allure, ton maintien, ta distinction, tes mains, j'aimais ta gaieté, tes sourires, cette façon d'être là et complètement ailleurs, comme si tu venais de quitter les bras d'un être aimé ou que tu t'apprêtais à les rejoindre. Tu étais sexy et l'on te devinait intelligente, tu étais parfaite et pourtant il y avait toujours chez toi un je-ne-sais-quoi de dépenaillé, une mèche, un col, un pli, un bracelet de montre trop lâche, un sac à main fourbu, une ceinture sortie du rang, une com-missure, des cernes, qui te rendait... j'allais écrire

« irrésistible », mais c'est trop attendu. Irrévocable.

Oui, irrévocable. Depuis que Paris existe, on a beaucoup fantasmé, disserté, discouru sur la Parisienne et quand je te regardais, je me disais : voilà, c'est cela, c'est elle. C'est elle et c'est sans appel.

J'étais d'autant plus sensible à ta beauté que le miroir me renvoyait aussi mon triste pendant et que je me remettais à touiller mon café dès que je l'apercevais. Je ne ressemblais à rien, j'avais mauvaise mine, j'étais maigrichonne, j'alternais les deux mêmes jeans depuis des mois, je portais les chemises de mon mort, les cachemires de mon mort, les foulards de mon mort, les écharpes de mon mort et ses vestes aussi, j'avais fait couper mes cheveux très court pour ne plus m'embarrasser à les coiffer, je ne me maquillais plus, je ne me parfumais plus, je ne courais plus mais je ne quittais jamais ma paire de baskets, j'avais une carie, deux peut-être, que je ne songeais pas à faire soigner, je buvais trop, j'étais déshydratée, mes mains étaient rêches, ma peau était sèche, mon corps était sec et tout en moi avait mauvaise haleine.

Tu m'as avoué depuis que tu m'observais aussi et que tu m'enviais ma classe et ma décontraction. Quelle blague.

Tu avais remarqué la finesse des pans de coton sur les poches de jean élimé, la douceur des cardigans trop longs dont les poignets me tenaient lieu de mitaines et la qualité du tweed et des étoffes sous lesquels je m'ensevelissais.

Tu trouvais ça d'un chic, disais-tu, d'un chic...

Tu commandais toujours un crème et une tartine dont tu ôtais le surplus de beurre avec ta petite cuillère et tu passais le plus clair de ton temps à texter. Tu étais penchée sur l'écran de ton téléphone et tu souriais. Il n'était pas difficile de deviner que tu étais amoureuse et que tu commençais tes journées en papotant avec un homme (une femme?) qui te rendait heureuse. Quelquefois tes sourires étaient plus humectés et tes fossettes plus coquines. Comment dit-on quand on sourit en textant du sexe? Que l'on commence la journée en sextant? Oui, chaque matin, tu mordais à pleines dents dans un tronçon de baguette fraîche trempé dans du café au lait tout en faisant le point sur ta vie avec quelqu'un que tu aimais, c'était évident.

D'autres fois, ton téléphone restait dans ton sac ou il était posé près de ta tasse et demeurait silencieux. Tu étais toujours aussi jolie, mais tu avais l'air un peu perdue, déboussolée. Ces jours-là, il t'arrivait de regarder autour de toi et il me semble bien que nous nous adressions alors un petit sourire de connivence. Rien d'amical en vérité, simple courtoisie entre habituées du même rafiot. On évoque souvent la dureté des Parisiens mais on ne dit jamais ces complicités connues d'eux seuls. Ainsi étions-nous devenues familières, mais peut-être ne nous serions-nous jamais adressé la parole si la maîtresse de Raphaël n'était pas tombée malade et que je n'étais revenue, un matin, au Café de la Sorbonne avec mes deux marmots en bandoulière.

Nous nous sommes attablés à côté de toi, à dessein, je l'avoue, et nous n'étions pas encore assis que tu mangeais déjà ma petite fille des yeux. Alice, à qui la vie n'avait pas encore appris qu'elle n'était pas une princesse véritable, a répondu à ton avidité en te gratifiant d'un grand numéro de charme et je te voyais fondre tandis qu'elle te présentait son doudou, puis celui de son frère, son tatouage Malabar, puis celui de son frère, ses agates, puis celles de son frère tout en croisant et décroisant ses jambes potelées et en réajustant continuellement la minuscule barrette pailletée qui était son diadème.

Il faudrait savoir l'écrire un jour : la vénusté des toutes petites filles.

Les enfants ont monopolisé ton attention et nous nous sommes à peine parlé ce jour-là. J'ai su que tu t'appelais Mathilde parce que Raphaël te l'a demandé, mais moi je n'ai rien dit. Je me taisais parce que j'avais à peine dormi, je me taisais parce que j'allais devoir me ravitailler avec les enfants dans les jambes et que cela me contrariait (voilà, c'est cela, l'alcoolisme : c'est approcher une femme qui vous fait rêver depuis des semaines grâce à la lumineuse présence de deux enfants, lesquels, en plus d'être exquis, ont le bon goût d'être les vôtres, de partager avec eux trois un petit déjeuner hors de prix dans le café d'une ville qui fait rêver, elle, le monde entier, et de ne penser qu'à une seule chose, pire même, de n'être obsédée que par une seule pensée : sous quel article, et là, on pense taille, on pense volume, on pense paquet de céréales par exemple, vais-je cacher une bouteille de Johnnie Walker dans le panier en plastique merdique de l'épicerie minable d'en bas de chez moi ?) je me taisais parce que je n'avais rien à dire, je me taisais parce que c'était trop assourdissant, le vacarme là-haut, je me taisais parce que j'avais perdu l'habitude de parler, je me taisais parce que j'avais perdu.

Tu n'es pas venue au Café de la Sorbonne les jours suivants. Ensuite il y eut des vacances scolaires, celles de février je crois, et un matin, alors que j'avais perdu l'habitude de te chercher du regard, tu es venue te cramponner au bar près de moi. Tu m'as saluée, tu as commandé un café allongé et nous sommes restées silencieuses. Alors que je me déhanchais pour attraper quelques pièces de monnaie au fond de ma poche, tu as posé ta main sur mon avant-bras, tu m'as dit : Laissez, je vous l'offre, et c'est seulement là, à ce moment-là, quand j'ai tourné la tête vers toi pour te remercier, que j'ai vu ton visage en vrac. J'ai posé ma main sur la tienne et tu t'es mise à pleurer. Pardon, riais-tu, t'excusais-tu, te désolais-tu, pardon, pardon. J'ai laissé ma main où elle était et j'ai cessé de te regarder.

Je ne sais pas combien de temps nous sommes restées ainsi sans bouger, toi me confiant ton chagrin et moi le chapeautant du mien. À un moment, tu as murmuré : Vos enfants... comme ils sont mignons, et je me suis effondrée.

Le patron du bar s'est approché en nous houspillant gentiment. Et alors, mesdemoiselles ? Hé alors ? On n'est pas bien chez moi ? Vous allez me faire fuir toute la clientèle, là ! Qu'est-ce que je vous sers pour vous détendre ? Un petit calva ?

Tu penses si j'étais contente.

Nous l'avons bu cul sec. Tu t'es étranglée, j'ai de nouveau respiré et, sous l'effet libérateur de ces quelques centilitres d'hélium dans mes veines, je t'ai proposé de venir dîner à la maison le soir même.

Tu m'as souri, je t'ai demandé si tu avais de quoi écrire et j'ai recopié sous un sous-bock l'adresse de mon petit logis et, interphone oblige, le nom de gens qui n'étaient pas nous.

3

Tu es arrivée les bras chargés : des fleurs, un gâteau, du champagne, des cadeaux pour les enfants… Et les enfants étaient si heureux.

Si heureux… Pas à cause des cadeaux, à cause de ta présence. C'était la première fois que le monde extérieur s'invitait chez nous, la première fois que quelqu'un montait nous voir, c'était la vie qui revenait.

Tu l'ignorais alors et tu pensais que c'était ta poupée Corolle, ton arc, tes flèches, tes gommettes, ton biberon magique et tes crayons de couleur qui les plongeaient dans un tel état d'excitation mais, souviens-toi, une fois ces bontés déballées, ils n'avaient plus songé qu'à te prendre par la main pour te montrer leur chambre, leurs jouets, leur monde, l'échelle de leur lit superposé qui restait une nouveauté pour eux, leurs photos de classe, celle de leur papa, celle de Toby, le chien de leur ancienne nanny et tout leur charmant fourbi. Ce que tu leur avais apporté de bonheur n'était pas matériel et tu as si bien joué le jeu…

Et c'est là, en te voyant si émue, si curieuse, si attentive, écoutant et apprenant par cœur les prénoms de toutes leurs peluches, de tous leurs poupons, de tous leurs copains d'école et de tous leur Grodoudou, Rondoudou, Ramoloss, Psykokwak et autres Pokémon plus improbables les uns que les autres que j'ai compris que tu mourais d'enfants comme je mourais de soif.

Nous les avons regardés dîner, ensuite Alice a insisté pour que ce soit toi qui la mettes en chemise de nuit, lui dénoues ses nattes et la brosses très longuement, ce que tu as fait en ne cessant de t'émerveiller sur le soyeux de ses cheveux, leurs boucles, leur blondeur, leur odeur… C'est toi aussi qui leur as lu une histoire puis une autre et encore une troisième jusqu'à ce que j'intervienne pour te libérer d'eux et de ta détresse.

Alors que nous papotions en faisant honneur à un très bon risotto et à ta bouteille de champagne, tu as évoqué mon « chic » et j'ai levé les yeux au ciel, au plafond, disons, aux poutres, et puis nous sommes passées au salon, c'est-à-dire que nous sommes allées nous asseoir deux mètres plus loin.

(J'ouvre une parenthèse car il me semble important de parler de notre salon justement. Oui, il me semble que la suite de ce récit est liée au talent de mon canapé et que sans lui nous ne serions pas devenues amies cette nuit-là. Plus tard peut-être, plus tard sans doute, plus tard c'est certain, mais pas cette nuit-là. Parce que je me connais : j'aime pour la vie, mais je n'aime pas facilement. Et encore moins à cette époque de verrouillage absolu pour raisons de sécurité absolue. Ce n'était pas le moment de laisser quoi que ce soit s'immiscer dans le scaphandrier. Fût-ce de l'amour. Surtout de l'amour. Oh que non. J'étais une éponge absolument étanche.

Nous vivions dans un meublé avec tout ce que ce mot sous-entend de déprimant, assiettes trop lourdes, couverts trop légers, lits trop mous, rideaux trop synthétiques, objets trop cons (il y avait, et les enfants s'en souviennent aussi, un piranha naturalisé posé sur un socle au-dessus de la cheminée), chaises trop hautes et canapé trop laid. Petit à petit, j'ai fini par tout remplacer – le temps passé à errer dans les rayons des grands magasins ne finissait pas noyé au fond d'un verre –, seulement pour les lits et le canapé, j'étais moins vaillante. Il aurait fallu prévoir une livraison donc arrêter une date, donc se projeter dans l'avenir, donc non. C'était trop me demander. Or il se trouve que la semaine précédente, nous étions allés tous les trois au marché Saint-Pierre acheter du tissu pour le carnaval de l'école. Exaucer l'avenir, sans façon, mais farder le présent, l'attifer, le nier, le feinter en fabriquant des déguisements, avec joie. Alice, qui l'eût cru, voulait une robe de princesse et nous nous sommes vautrées dans des nuages de tulle, de gaze, de mousseline, de satinette et de plumetis alors que Raphaël, qui l'eût cru, voulait être en Pokémon. C'est grâce à son manque d'imagination que nous sommes tombés, dans une petite échoppe de la rue d'Orsel, sur une mine d'or de fausses fourrures. Vison, renard, belette, chinchilla, lapin, Pikachu, chihuahua, nous ne savions plus où donner de la tête ni des mains et j'ai dû appeler un taxi à la rescousse pour nous aider à transporter jusque chez nous toutes ces caresses enfermées dans d'énormes sacs en plastique.

Le soir même j'ai transformé notre affreux canapé en ventre de Oum-Popotte. Ce trait de génie n'est pas de moi, il est de Raphaël. Ou plutôt de Claude Ponti qui a le génie, lui, des pelages les plus onctueux. Il y a toujours un moment dans ses albums où un petit héros à la vie râpeuse et racornie – car je me suis jusque-là beaucoup complu dans mon chagrin, mais je n'ai pas évoqué celui de mes enfants qui avaient perdu un papa aussi drôle et gentil que l'était mon mari – trouve asile entre des bras d'une douceur infinie. C'est impossible à décrire, il faut lire ses livres pour comprendre ce que notre nouveau canapé représentait pour Alice et Raphaël. Le ventre de Oum-Popotte, celui des parents de Oups, de Foulbazar, du petit Pouf. Ce n'était plus un canapé, c'était une grosse bête placide qui les gobait quand ils revenaient de l'école ou qu'ils se sentaient trop déshérités et qui les ensevelissait sous d'interminables câlins. Et des câlins d'autant plus tendres que j'avais fabriqué de grands coussins pour qu'ils puissent eux aussi la serrer dans leurs bras. N'en déplaise aux acariens, ces métrages de poils furent, et de loin, l'achat le plus judicieux de toute notre convalescence.)

Nous sommes passées au salon, disais-je, et tu as aussitôt envoyé dinguer tes ballerines pour te lover dans la panse de notre ami en repliant tes jambes sous toi et en te barricadant de coussins.

J'étais assise comme j'aime, c'est-à-dire par terre et je te regardais te laisser happer par Oum-Popotte avec le sourire apaisé et la mine réjouie d'une

petite fille qui aurait eu une journée d'école beaucoup beaucoup trop longue.

Nous nous sommes regardées.

Je t'ai proposé une tisane (les alcooliques ne
boivent jamais) (et c'est même à cela qu'on les
reconnaît) et tu m'as demandé si je n'avais pas
plutôt un alcool fort à te proposer (allons bon), non,
mais ah, et comme cela tombait bien, il me semblait
qu'il me restait une bouteille de whisky quelque
part. Quelle aubaine, vraiment. Je nous ai versé
à chacune une bonne rasade (c'était un meublé, je
n'avais pas de verres plus petits) et, notre camomille
bien en main, nous nous sommes de nouveau
adossées, toi à ta bedaine et moi, à mon mur.

Nous avons bu.

Les enfants dormaient, nous étions bercées par
les rires et les éclats de voix des fêtards d'en bas,
les bougies tamisaient, Fip ambiançait et nous
nous regardions.
Nous ne savions rien l'une de l'autre sinon que
nous étions toutes les deux du genre à verser
quelques larmes au-dessus d'un comptoir en zinc
un matin d'hiver à Paris.

Nous nous regardions, nous nous jaugions, nous nous estimions.

Tu sirotais et je m'efforçais d'en faire autant. C'était difficile. J'étais au tapis. Je me retenais à mon verre comme aux cordes d'un ring. Tu t'es penchée en arrière, tu as posé un coussin sur ton ventre et tu m'as demandé :

– Où est leur père ?

4

Tu m'as écoutée et tu t'es tue, je me suis resservi
à boire et tu as su, tu ne me l'as pas dit, mais ça
s'est vu que tu l'avais vu, que je tétais ma tourbe
comme du petit lait et puis ce fut mon tour. Le tien.

– Et toi? t'ai-je demandé.
– Moi, quoi?
– Pourquoi es-tu là?

Esquive. Sourire. Soupir.

– Combien de temps as-tu?
– Toute la nuit, t'ai-je répondu, toute la nuit.

5

Tu as baissé la tête et tu as marmonné « Eh bien, moi, je… »

Je te regardais, je voyais bien que tu ne cherchais pas à te défiler mais qu'au contraire, tu tournais et retournais ta pelote dans ta tête en cherchant un bout de fil assez solide sur lequel tirer pour commencer à la dévider.

Nous avions toute la nuit et j'avais l'habitude de veiller tard et d'être assise là, à fond de cale, un verre à la main. Je n'étais pas pressée. Je te regardais, je te trouvais toujours aussi belle et j'aurais voulu que mon amoureux soit là et qu'il te voie aussi. J'aurais aimé te le présenter. J'aurais aimé vous présenter l'un à l'autre. Il aimait tellement les jolies femmes au regard tendre et aux yeux malicieux comme les tiens. Bien sûr il se serait éclipsé mais il nous aurait fait rire avant de nous fausser compagnie. Plus que tout au monde, il aimait faire glousser les femmes astucieuses. C'était sa façon, disait-il, de nous humaniser et de nous remercier d'exister et de le tolérer parmi nous. Il nous faisait glousser bêtement pour mieux nous aimer.

Penser à lui me brouilla la vue et de me voir sombrer ainsi te donna le courage de te jeter à l'eau.

– Attends, enchaînas-tu en levant la main, ne pleure pas. Je vais te distraire.

Mais c'était trop tard, je pleurais. Comme disaient les enfants, j'en avais marre qu'il soit parti, j'en avais marre.

– Tu es allée en pension ? me demandas-tu.

– Non.

– Moi, si.

Tu t'es redressée et tu as posé ton verre. Tu tenais ton fil.

6

– Pendant huit ans. Sixième, cinquième, re-cinquième, quatrième, troisième, seconde, première et terminale. C'est beaucoup, huit années. C'est un bout d'enfance et toute une adolescence. Toute une adolescence passée à compter les jours. Beau départ dans la vie, non? Je viens d'une famille de militaires. Armée de terre. 1er RHP. Régiment des hussards parachutistes. Un aïeul à Valmy, un autre à Sébastopol, un grand-oncle à Verdun et deux grands-pères dans les Ardennes en mai 40. Plus beau tableau de chasse, tu meurs. *Omnia si perdas famam servare memento.* « Si tu as tout perdu, souviens-toi qu'il reste l'honneur. » C'est leur devise. Hé? Ça vous pose une ambiance, ça, pas vrai? Je m'appelle Mathilde mais ma mère a dû batailler pour imposer ce prénom parce que c'est une Boche, sainte Mathilde. Heureusement que le curé de l'époque a donné sa bénédiction sinon j'étais bonne pour Thérèse ou Bernadette. On m'a envoyée en pension quand j'avais dix ans. J'étais appliquée, j'avais un an d'avance, du coup à dix ans, ouste, au feu. Mes deux frères, Georges et Michel... Ils s'appellent tous comme ça dans la famille parce que ce sont les deux saints patrons de la boîte. Georges, c'est le blindé qui culbute son dragon en armure et Michel, c'est le para qui les foudroie en tombant du ciel et... euh... Où j'en étais déjà ? Ah oui, on m'a envoyée en pension parce que mes deux frères y étaient allés avant moi et que, comme m'a rappelé mon père pour que j'arrête de pleurnicher : Ça ne les a pas tués. Bon, OK, qu'est-ce que tu voulais qu'il réponde à ça, le petit pioupiou ? Le concept, c'est qu'une famille de militaires, ça déménage beaucoup et que la pension c'est bien parce que c'est stable. C'est *stable*, tu comprends ? Ça te donne un bon équilibre. Ça t'inculque des bases. Ça te structure. On te fout là et puis tu grandis dans le moule en prenant exactement la forme du moule comme ça y a rien qui dépasse et après t'as pile-poil la bonne taille et le bon calibre pour entrer parfaitement dans le fût du canon. Enfin pour te marier, quoi. Pour te trouver un joli sous-officier et donner plein de petits parachutistes à la France. Bon, je ne jette pas tout au panier.

C'est un monde et comme dans tous les mondes, il y a des cons et des gens bien. Et en plus, je l'avoue volontiers, j'ai croisé plein de gens très bien dans ce monde-là, vraiment très bien, des gens sincères, beaux. Mais tu vois, l'autre jour j'écoutais la philosophe Élisabeth de Fontenay à la radio, c'était un débat à propos de la corrida et ce qu'elle a dit pour la condamner m'a tellement marquée que j'ai de nouveau écouté l'émission en podcast pour pouvoir recopier ses mots. Attends, ne bouge pas.

Tu t'es levée, tu as pris un carnet dans ton sac et tu es revenue t'asseoir, sans replier tes jambes sous toi, cette fois. Tu as lu à haute voix :

– « La morale aristocratique, l'honneur militaire, l'honneur du nom... La philosophie m'a fait rompre avec tout ça. Voilà. Donc je ne peux pas accepter votre immense système de justifications éthiques vous référant à ces valeurs dont je continue à dire qu'elles sont périmées. Non pas qu'il ne faille pas avoir le sens de l'honneur, j'essaie de l'avoir, mais qu'il faille comprendre que ce modèle de virilité, de courage, de maîtrise est un modèle qui a fait son temps et qui a fait son temps précisément à cause des crimes du xxe siècle. » Merci Élisabeth. Merci gente dame. Tout est dit. Moi, j'ai baigné là-dedans toute mon enfance. Dans ce modèle, dans ces valeurs périmées. On m'a envoyée en pension pour mon bien et ma mère n'a pas été plus émue que ça de me voir partir vu qu'elle avait encore quatre petits à sevrer derrière moi plus un au four et qu'elle était déjà bien assez occupée. Et puis elle disait qu'elle gardait, elle, un bon souvenir de son passage chez les religieuses, qu'elle s'était fait des amies pour la vie et que... bref, on s'en fout. Moi, ça ne m'allait pas du tout. Les premières années, je revenais tous les week-ends, après ils sont partis à Pau et je ne retournais dans ma famille que pendant les vacances scolaires, ensuite ils sont allés en Nouvelle-Calédonie et là c'était Noël et rien. Mais là, j'ai envie de dire, c'était déjà trop tard. Le mal était fait, je n'avais plus mal. Pourquoi je te raconte ça ? Parce que... Tiens, ressers-moi un peu de ta potion magique, là... Parce que la pension a complètement conditionné mon rapport au temps qui passe. Au temps tout court. Pour moi, le temps, je veux dire le temps temporel, hein, celui du sablier, c'est l'ennemi. C'est l'ennemi, c'est l'ennui, c'est la régression. J'ai essayé de me défaire de cette souffrance, mais... non, attends, je vais trop vite... Tu te souviens de la comptine, Lundi matin, l'empereur, sa femme et le petit prince sont venus chez moi et gnagnagna et vas-y que je te pète le... les tympans jusqu'à dimanche, tu la connais? Je hais cette ritournelle, quand je l'entends, je deviens hystérique. Pour moi, la semaine, et je pense que beaucoup parmi ceux qui sont passés par la case pension alors qu'ils n'étaient pas armés pour sont pareils, ça ressemble à ça : lundi, tu es triste, mais comme il te reste encore un peu de la chaleur de ta maison en magasin, ça va, tu vis sur tes réserves, mardi déjà, tu respires moins bien parce que... parce que ça ne fait que commencer, quoi... Mercredi, ça pue, pour les autres, pour les civils, le mercredi, c'est une super journée, école seulement le matin, dessins animés, activités, danse, cheval, copines, musique ou je ne sais quoi. C'est classe, le mercredi. C'est un beau jour. Et puis ça coupe la semaine. En pension, le mercredi après-midi, ça sent le moisi. Ça sent l'humidité. Ça sent les pieds. On est en plein dans la vie en communauté et la vie en communauté, c'est tout ce que je déteste. Le mercredi on fait tout les unes sur les autres, y compris s'ennuyer, surtout s'ennuyer, et c'est déprimant au possible. C'est débilitant. Il y a une boutade chez les militaires qui dit: « À la caserne, on ne fait rien, mais on le fait très tôt et tous ensemble », eh bien c'est exactement ça. Le mercredi et les week-ends quand tu es oubliée à la consigne, tu ne fais rien mais en plus, tu vois dans l'œil de ta voisine comme ce rien te rend molle, résignée, ingrate... On est là et on ne sert à rien. Et la vie ne sert à rien. Elle est ailleurs. Elle se déroule ailleurs. La mode, la musique, les histoires d'amour, les intrigues, les Machine elle me dit de te dire de demander à Bidule s'il veut bien sortir avec elle, les ricanements, les baisers, les trahisons, le shopping, la patinoire, les souvenirs... Tout ça, c'est sans nous. D'abord ce n'est pas compatible avec les idées de tes parents, mais en plus t'es au gnouf, donc comme ça, c'est réglé. Bon, bien sûr, pour le fun, il y a les activités de la pastorale. Si tu veux, tu peux faire de bonnes actions pour t'occuper. Tu peux aller chanter pour les vieux, tu peux aller aider de vieilles bonnes sœurs à encaustiquer leur prie-Dieu, tu peux aller égayer les malades ou, encore mieux, encore plus rigolo, tu peux aller égayer de vieilles bonnes sœurs mourantes. Alors, là, c'est bingo. Là, à la marelle des petites pucelles, tu n'es plus très loin du ciel. Au moment de Noël, on te refile un genre de colis avec tout à la fois.

Tu rajoutes juste une indigestion de messes trop longues et de chocolats au lait et tu l'as, ton joli calendrier de l'Avent. Bon, mais où j'en étais, moi ?

– À mercredi.

– Ah, oui, merci. Donc mercredi, c'est corvée de patates à la zonzon. Jeudi... jeudi, c'est le pire... C'est le jour le plus long de la semaine. Le jeudi, si tu n'as pas un bon livre à retrouver après le couvre-feu, tu peux aller te pendre direct. Tu peux aller communier. Vendredi, tu recommences à lever la tête. Pendant la récré tu restes immobile à guetter les oiseaux au loin en espérant apercevoir de la végétation. Le vendredi, ça commence à sentir la terre ferme. Le samedi matin, tu... Hé ! triomphas-tu, je te vois sourire ! Mais c'est magnifique ! J'aime bien te faire sourire. Je suis contente.

– Le samedi matin, tu quoi ?

Et je souriais. Et c'était nouveau. Et c'était bon. Je n'avais pas souri comme ça depuis si longtemps. Je souriais et je me suis mise à pleurer à chaudes larmes. De sourire enfin me permettait de pleurer enfin. Pas de la petite larmichette amère comme à l'instant d'avant ou au café le matin même, mais de bonnes grosses larmes bien grosses, bien grasses, bien rondes et bien chaudes. Du corps qui lâche. De la dureté qui cède. Du chagrin qui fond. C'était la première fois que je pleurais devant quelqu'un. La première fois depuis un an deux mois et cinq jours. Parce que mon amoureux s'était tué tout seul, je m'interdisais de le pleurer en public. Je n'ai jamais craqué devant qui que ce soit, jamais. Je ne sais pas pourquoi. Par loyauté, je crois. Pour lui donner raison. Pour *me* donner raison. Pour me persuader que je l'avais compris et que je lui avais pardonné. J'avais le droit de le maudire et de l'insulter, mais seulement dans l'intimité. Là, oui. Là, quand j'étais face à lui et que j'avais un coup dans l'aile, il en prenait plein la gueule, mais cette nuit-là, avec toi. Avec toi qui me racontais des choses tellement incongrues, tellement inouïes, tellement exotiques, à moi, la fille unique de deux parents intellos, libéraux, doux, pacifistes... Oui. Tellement exotiques... Je pouvais me permettre de pleurer devant toi, je n'avais rien à craindre. Nous n'avions pas vécu sur la même planète, nous n'avions pas été élevées au même lait, nous n'avions pas tété les mêmes saints et nous étions aussi cyniques l'une que l'autre. Et aussi pudiques. Et aussi tendres. Et puis tu ne l'avais pas connu, et puis... Et puis je pleurais.

Évacuation du trop-plein. Délestage. Lâcher de barrage. Permission.

Que c'était bon.

– Ho, protestas-tu, je n'en suis qu'au préambule, là. C'est après que ça devient triste. Garde un peu de larmes pour plus tard sinon tu ne vas pas compatir comme il faut et je serai déçue.

– OK, fis-je en me mouchant dans ma manche, OK. Alors... Le samedi?

– Je préfère... Tout le monde n'a pas la chance d'être veuve, merde! Alors le samedi matin tu prends le train avec ton gros sac de linge sale et tu arrives dans une maison bruyante et animée, mais assez indifférente en fait. Non pas que tu n'y sois pas aimée... Ah. Tout de suite. Les grands mots. Non pas que tu n'y sois pas accueillie, mais c'est comme pour le mercredi : la vie s'est déroulée sans toi. La vie ne t'a pas attendue et elle ne sait plus très bien quoi faire de ta présence dans ses pattes. Non, on ne t'a pas oubliée, mais quelqu'un, une nièce, une cousine, la femme d'un colonel a dormi dans ton lit pendant ton absence et l'on n'a pas jugé nécessaire de changer les draps, ou alors on a entreposé des cartons dans ta chambre et puis il y a une machine à coudre sur ton bureau, on allait l'enlever mais on n'a pas eu le temps, enlève-la donc, toi, et mets-la dans la chambre de ton frère. Bon, tout cela n'est pas très grave en vérité, c'est juste bien pire, c'est juste que tu n'as plus d'intimité nulle part sur cette terre. Sans compter que le samedi après-midi on te refile souvent une petite sœur ou deux petits frères à garder, ça n'est pas présenté comme ça, mais au bout du compte, c'est ça qui te... qui t'échoit. Le samedi soir, c'est souvent un bon moment. Rendons aux familles nombreuses ce qui leur fait honneur : les grandes tablées, la chaleur, les rires, les engueulades, les retrouvailles, la bonne cuisine, les gâteaux, les tables à rallonges qui ne cessent d'être allongées parce que quand y en a pour dix, y en a pour douze et quand y en a pour douze, y en a pour vingt. Oui, vingt personnes à la maison autour de la table pendant les week-ends, c'était une bonne moyenne. Entre les voisins, les voisines, les cousins, les cousines, les amis, la famille, les scouts, les cheftaines, les copains de mes frères, les bérets rouges, les bérets verts, les séminaristes, les vieilles filles, les indigents, les bigotes, les seuls au monde, les lépreux et toute la smala, les repas, chez moi, que ce soit le samedi ou le dimanche, c'était toujours un grand moment. C'était comme à la pension sauf que tu n'étais pas en bleu marine, que la popote était meilleure et que les gens parlaient plus fort. Mais… la table est à peine desservie et nous sommes déjà dimanche… Le dimanche matin, c'est la messe et le dimanche après-midi te voilà déjà en train de refaire ton paquetage en songeant à toutes les leçons que tu n'as pas apprises et qu'il va falloir te fader dans le train. Et après ça recommence. Pareil. Pendant huit ans. C'était ça, ma jeunesse, c'était ça. Et quand je n'avais plus de point de chute familial, j'agrandissais le cercle en réduisant encore mon intimité. J'allais chez mes grands-parents, chez des oncles, des tantes, dans des chambres d'amis d'amis etc. Pendant huit ans, je n'ai fait que compter les jours et vivre le cul entre deux lits. Pendant huit ans, je n'ai fait qu'espérer une vie plus stable, plus douce, plus… Oui, plus douce. Plus égoïste. Une vie à moi. Une vie autour de laquelle j'aurais pu refermer les bras et dire : ça c'est à moi, ici c'est chez moi, n'entrez pas. Et si je vous y accueille, alors pliez-vous à mon rythme à moi et ne me demandez plus jamais quel jour nous sommes. Tu comprends ? Tu comprends ce que je te dis ? Tu sais, je ne te raconte pas tout ce merdier pour me faire plaindre, hein ? Je le raconte pour que tu réalises à quel point je suis misérable.

Silence.

– Je t'ennuie ? t'inquiétas-tu.

– Non. Pas du tout.

– Alors aide-moi. Parce que je ne suis plus tellement sûre d'avoir envie de continuer, là…

– Tu as envie ou tu n'as pas envie ?

Silence.

– J'ai envie. Et puis de fumer aussi. Tu n'as pas quelque chose à grignoter ?

– Tu peux fumer si tu veux.

– Non. J'essaye d'arrêter. Tu n'as pas des noix à casser ? Ou des amandes ? Ou des graines de tournesol ou je ne sais quoi de long et chiant à dépiauter ?

– Euh… non. J'ai des céréales, si tu veux. Des Miel Pops ou des Chocapic.

– Parfait. Envoie les Chocapic.

« Sans lait, hein ! » précisas-tu alors que j'étais déjà dans notre kitchenette à me demander si j'allais oser revenir vers toi avec une autre bouteille.

Je n'ai pas osé.

Bon. Deux bols de Chocapic sans lait. Régime sec pour les gueules cassées du Panthéon. Aux grandes dames, la psychiatrie reconnaissante.

Je me suis de nouveau assise en face de toi, nous avons picoré en silence et puis je t'ai aidée.

– Vas-y. Dis-moi pourquoi tu es misérable.

7

– Alors, alors… Pourquoi suis-je misérable ?
Voyons, voyons…

Et comme la suite ne venait toujours pas, j'ai
mis de l'eau à bouillir et j'ai déposé une tasse de
tisane aux pieds, aux papattes de Oum-Popotte.

– Merci.

Et comme tu semblais avoir tellement de raisons
de te sentir misérable que tu ne savais même plus
par où commencer, j'ai tiré un autre fil pour toi.
    – Tu textes beaucoup au petit déjeuner, non ?
    – Nous y voilà, m'as-tu souri, nous y voilà.
    – Tu es amoureuse ?
    – Oui. Non. Si. Pourquoi tu souris ?
    – Parce que ça commence bien !
    – Dis… euh… t'as pas des clopes, toi ?
    – Si. Je ne fume pas, mais j'en ai. Elles étaient

déjà là quand j'ai emménagé, j'ai peur qu'elles ne soient plus très bonnes.

– Pas grave. Je prends.

Je t'ai tendu le vieux paquet de Marlboro qui se desséchait sous mon piranha empaillé.

– Magnifique. Merci.

– Dis, ça ne te dérange pas si je verse la fin du whisky dans ma tisane ?

– Mais je t'en prie. Fais comme chez toi.

– Merci.

– Aaaaah… t'émerveillas-tu en recrachant une longue bouffée de nicotine rassise tandis que je troquais une boisson chaude contre une autre, tu vois qu'on y arrive quand on veut !

Et là, j'ai ri. Et j'ai su que tu étais en train de devenir mon amie. Car sourire, c'était une chose, mais rire. Rire, c'était tellement inespéré, comme verbe à cette époque de ma vie. Tellement inespéré.

– Je vais te dire… Je suis misérable parce que je suis faible et je suis faible parce que je suis… je ne sais pas… à part « conne », je ne vois plus trop, là… Cette jeunesse honnie, ces années de… de garnison, de caserne, de planton de merde, oui, toutes ces années en creux, non seulement je n'arrive pas à les surmonter, mais en plus, je me suis refoutue dedans. Et même, écoute-moi, je fais pire :

maintenant je vis le creux de ces années en creux. Un truc tellement merdique, tellement nul, tellement... déshonorant... Oui, c'est ça, déshonorant. Je viens de le trouver à l'instant : déshonorant. Merde, quelle affreuse découverte... J'ai tout perdu et il ne me reste même pas l'honneur. Mais comment j'ai pu réussir un exploit pareil, je me le demande...

Silence.

– Je te le demande.

Silence.

– Je ne sais pas. Mauvais soldat.

– Il est marié ?

– Ah, tu vois, grimaças-tu, en plus d'être déshonorant, c'est banal. C'est banal, c'est convenu, c'est vulgaire. La branlée, quoi. La méga déculottée. Saint Jojo et saint Mimi ne doivent pas être fiers de leur petite recrue, c'est moi qui te le dis... Bon ben voilà, c'est plié : il est marié. Qu'est-ce que tu veux que j'ajoute à ça ? Rien. Tu n'as pas un paquet de cartes ou des jeux de société qu'on continue cette bonne petite soirée, tranquilles ? Tu n'as pas un Monopoly ou une Bonne Paye ?

– J'ai un Uno.

– Oh, non. C'est beaucoup trop dur ça. Je n'y arriverai jamais.

Sourires.

– Tu sais, repris-je, je te trouve très belle. Enfin non, je ne te trouve pas très belle, tu *es* très belle. Tu n'as pas du tout l'air d'une femme déshonorée. Quand je te regarde papoter avec lui le matin, je vois une femme qui est aimée, ça crève les yeux.

– Merci. C'est gentil. C'est gentil et c'est vrai. Enfin, je crois que c'est vrai. Et c'est justement ça, le pire. À défaut d'honneur, il me reste l'amour. Enfin... L'amour... Un peu d'amour. L'amour qui reste, quoi. La godille, le grand flou, les textos volés. Avant, je trépignais en attendant la fin de la semaine et maintenant c'est le contraire. Maintenant, je la redoute. Je la hais, même. C'est comme une extinction, une petite mort. Je meurs et je ressuscite tous les cinq jours. C'est épuisant. C'est épuisant et surtout, c'est sans intérêt. Je te l'ai dit, je vis le négatif du négatif. Avant, je commençais à respirer le vendredi après-midi et maintenant je commence à m'éteindre dès le jeudi soir. Et je dors le plus possible pendant les week-ends pour qu'ils passent plus vite. C'est cruel, non? Si. C'est cruel. C'est méchant. J'entends Dieu qui ricane et qui me dit : Tu n'as pas été gentille avec les sœurs? Tu n'as pas tenu le chapelet des mourantes? Tu n'as pas fini les chocolats à la lécithine de soja? Eh bien, tiens. Prends ça. Expie. Pleure donc, va. Pleure tout le jour les jours du Seigneur et passe le reste de ta vie au parloir ma fille. Ça t'apprendra.

Je ne vis pas avec un homme, je vis avec mon téléphone. Toute ma vie tourne autour de ce petit bout de plastique. Une espèce de lampe d'Aladin capricieuse et sadique qui régit tes humeurs selon que tu la frottes et qu'elle t'exauce ou que tu la respectes et qu'elle t'abandonne. Une lampe d'Aladin fabriquée en Chine avec un bon génie, non, un mauvais, un bon à rien de génie, un genre de fonctionnaire qui n'est là qu'aux heures ouvrables et pour lequel tu n'existes même pas sous ta véritable identité. Mes « Je t'aime » sont prononcés par un... je ne sais même plus sous quel nom je fraude ces temps-ci... ça change si souvent... et mes je t'aime ne s'écrivent même pas je t'aime puisque nous avons des codes pour tout. Je t'aime, c'est « Dossier confirmé », Je pense à toi, c'est « Dossier en attente » et J'ai envie de toi, c'est « Dossier urgent ». Quelle misère, hein ?

Oui, quelle misère. Je ne vis pas une histoire d'amour, je classe des dossiers. C'était bien la peine d'avoir fait tant d'années d'études, tiens...

– Des études de quoi ?

– D'urbanisme. Diplômée de l'École nationale supérieure de Paris avec mention et tout ça pour quoi ? Pour jeter mon dévolu sur un homme qui n'est pas constructible et avec lequel je ne pourrai jamais rien bâtir. Hé, avoue que je ne suis vraiment pas finaude, comme fille…

– Pourquoi es-tu si catégorique? Peut-être qu'il va… je ne sais pas… changer de vie.

– Non. Tu en connais des hommes qui divorcent pour leur maîtresse, toi? Avec des enfants en bas âge? Et un crédit? Et une Audi? Et un chien? Et un lapin nain? Et une culpabilité? Et une maison de famille à la Trinité? Non, bien sûr que non. Pas finaude, mais lucide. Et puis il ne m'a jamais rien promis. De ce côté-là, je n'ai rien à lui reprocher. D'ailleurs je ne lui reproche rien, je l'ai trouvé marié et j'y suis allée en connaissance de cause. Il ne m'a jamais rien promis mais il ne m'a jamais rien caché non plus. Un honnête garçon, ma foi. Mais de là à changer de crèmerie, non, je n'y crois pas. Je n'y crois plus. Ce sont les femmes qui prennent ce genre de risque, jamais les hommes. Pourquoi? Je ne sais pas. Peut-être parce qu'elles ont plus d'imagination… Ou qu'elles sont plus joueuses… Ou qu'elles sont en meilleurs termes avec la vie… J'ai sûrement tort d'avancer de telles banalités mais quand je regarde autour de moi, c'est ce que je vois. Que nous ne sommes pas du tout égaux face à la vie. Face à la mort plutôt. Les femmes ont moins peur de la mort. Est-ce que c'est parce qu'elles la donnent, la vie, justement? Je ne sais pas. Tout ce que je dis sonne affreusement cliché mais je ne vois pas d'autre explication. Quoi qu'elles fassent, quoi qu'elles décident, quoi qu'elles détruisent et fichent par terre, j'ai l'impression que la vie reste de leur côté. Comme une espèce de grosse bête domestique qui reste toujours du côté de la main qui la nourrit quand bien même cette main est aussi la plus brutale et la moins caressante. Tu sais, c'est comme ces vieux soldats de l'empereur, ces grognards qui l'ont suivi jusqu'au bout de l'hiver et de sa folie sans jamais douter une seule seconde du moindre de ses ordres. *Mémoires du sergent Bourgogne*, tu as lu, ça? Mon parrain me l'avait offert pour mes quinze ans. Formidable… Oui, c'est injuste pour les hommes mais c'est comme ça. Et mon amoureux n'est pas plus… j'allais dire « courageux », mais ce n'est pas ça, il est courageux à sa façon, n'est pas plus hardi que les autres parce qu'il n'a pas envie de… de contrarier la vie, de se la mettre à dos, de lui déplaire, d'en être privé et de crever tout seul un soir la gueule ouverte. Et là où ça devient vraiment tordu comme truc, c'est qu'en restant avec lui à l'âge que j'ai, je prends le risque, moi, de ne jamais avoir d'enfant. Ce serait dommage quand même, non? Même si je le nie souvent, j'en ai envie. Oui, j'en ai envie. Il m'arrive de l'oublier mais quand j'ai vu les tiens au café le mois dernier, ça m'a bouleversée. D'ailleurs, je ne sais pas si tu t'en es rendu compte, mais je ne suis plus revenue les jours suivants. Je ne voulais plus vous revoir, te revoir, j'étais trop envieuse. Oui, c'est ça : envieuse. Et l'envie, c'est un luxe que je ne peux pas me permettre si je veux continuer à me lever chaque matin. Tu vois, je suis misérable parce que tout ce que je vis aujourd'hui me rappelle ma jeunesse, mon impuissance et...

Tu t'es tue, tu as levé la tête et tu m'as demandé, droit dans les yeux :
– Je peux continuer ?
– Tu peux continuer.
– J'ai l'impression d'abuser. J'ai l'impression de me servir de toi. De m'allonger sur ton divan et de te déverser mon tombereau de merde sur la tête.
– Tu as l'impression d'être sur un divan, là ?
– ...
– Allons, Mathilde... tu vois bien que ce n'est pas un divan. C'est le ventre de Oum-Popotte.
– Pardon ?
– Oum-Popotte, l'ami du chien invisible. Les enfants te le présenteront un soir, tu verras...

Sourires.

– Et puis, tu ne déverses rien, tu racontes. Tu te délies. Tu te dénoues. C'est beaucoup plus joli.

– Merci.

– De rien. Ça me fait du bien, tu sais. C'est la première fois depuis des mois que je passe la soirée avec quelqu'un d'autre que moi et tu n'imagines pas comme j'en avais besoin. Continue. Raconte encore, comme disent les petits, raconte encore.

– Je ne sais plus quoi dire.

– Vous vous connaissez depuis combien de temps?

– Bientôt quatre ans.

– Et tu n'as aucun espoir que la situation... euh... évolue?

– Tu veux bien m'aider à buter sa femme?

– Non, fis-je en souriant, non. Avant je n'avais pas d'opinion, mais maintenant je suis contre la mort. Je la trouve décevante et sans intérêt, elle aussi. Vraiment sans intérêt. Mais...

– Mais quoi?

– Eh bien, cessons de parler de lui et revenons-en à toi. Lui, je m'en moque. Je ne l'aime pas. Je ne l'estime pas. Je n'ai pas envie que tu m'en parles. Il ne m'intéresse pas. Ce n'est pas votre situation qui est vulgaire, c'est lui. Je n'aime pas les menteurs. Je n'aime pas les hommes qui rendent les femmes malheureuses. Je n'aime pas les hommes qui trompent leur femme. Attention, je ne parle pas de sexe, hein ? Le sexe, c'est une autre case. Je suis pour que le corps exulte et contre la frustration mais là, c'est autre chose. Là, c'est quatre ans et quatre ans, c'est une liaison. Et rien que ce mot, « liaison », je le trouve affreux. C'est comme « maîtresse », c'est laid. Tu disais tout à l'heure que la vie était plus loyale avec les femmes. La vie, peut-être, mais la société, non. La société a déjà tout bien connoté, la garce. Et depuis des siècles. D'un côté, tu as l'amant de Duras, là, c'est le beau Chinois qui baise comme un dieu et de l'autre, tu as la vieille maîtresse de Barbey d'Aurevilly et là, c'est la vioque qui te la coupe pour toujours. Hé. Super. Merci, Ronsard, merci. Bouffe-la, ta rose. Un amant, ça reste joli et c'est toujours un mot charmant. Mon amant, mon bel amant, mon amant de Saint-Jean. C'est toujours sexy, un amant, mais une maîtresse... Une maîtresse, rien que le mot, ça sent déjà les emmerdes et la naphtaline. Une maîtresse, ça se périme et ça devient vite encombrant. C'est tellement injuste... Non, le problème, ce n'est pas lui, c'est toi. Pourquoi tu acceptes ça ? Pourquoi tu cautionnes ça ? Et pourquoi tout ce « préambule », c'est le mot que tu as utilisé, pour nous amener jusqu'à lui ? C'est troublant. Pourquoi as-tu ressenti le besoin de me parler de tes années de pension pour me parler de... de ton... du lapin nain de son gosse?

– Pour établir un parallèle.

– Tu crois? Mais dans la mesure où tu es autant responsable que lui de cette situation et même sûrement plus, car j'imagine que tu as dû essayer de le quitter déjà, non?

– Deux cents fois.

– Et tu es revenue deux cents fois, donc.

– Oui.

– Donc tu vois, c'est toi qui mènes le jeu, c'est toi. Ce n'est pas un parallèle, c'est un cercle. Tu l'as dit toi-même, tu t'es « refoutue dedans » et c'est là que ça devient intéressant, ton histoire. Laisse tomber l'Audi et le Ker Sam'Suffit à la mer, on s'en fout. Tu vaux tellement mieux que ça. Tu es belle comme le jour, tu es drôle, tu es tendre, tu es sensible, tu es intelligente, tu sais faire la différence entre Rondoudou et Grodoudou, tu ne fumes presque plus, tu es l'une des femmes les plus séduisantes que j'aie jamais croisée et tu sais très bien que tu n'aurais aucun mal à séduire quiconque te taperait dans l'œil, donc pourquoi ce... cette vie de « planton », pour te citer encore une fois? C'est que ça doit te convenir en définitive, non? C'est plein d'avantages, une vie de planton.

Ça ne réfléchit pas, ça ne prend aucune initiative, ça obéit, c'est passif... Tu es dans un schéma tellement répétitif et si contraignant qu'il ne laisse aucune prise au doute, à l'angoisse, et je te parle de l'angoisse avec un grand A, de l'angoisse existentielle, ce qui est très confortable évidemment mais qui ne laisse aucune place non plus à l'aventure, aux rencontres, aux chamboulements, au destin, quoi... Aux caprices et à la malice du destin. Super pratique comme planque. Super douillette. Le planton, il est bien tranquille dans sa petite cahute, il ne remet rien en cause, il ne se pose aucune question et souvent, fondamentalement, il s'en fout, de ce qu'il garde. Oui, il s'en bat les roupettes. Il est juste là à se les geler en attendant la relève. Bon, pourquoi pas ? Mais alors ne me dis pas que les femmes sont en meilleurs termes avec la vie parce que vraiment, Mathilde, tu... tu fais défaut, là...

– Tu es psy ou quoi ?

Ta voix était devenue plus agressive.

– Non, pas du tout. J'essaye juste de comprendre. Si tu n'avais pas commencé par me parler de ton enfance, je pense que je te tiendrais un discours différent, mais là, avoue que c'est troublant, non ? Ce n'est pas que tu aies vécu ces années de... de cantonnement qui te détermine ou qui pourrait te déterminer, c'est que tu aies eu besoin de me les exposer avec autant de précision. À t'écouter, j'ai l'impression que tu t'es sciemment choisi une vie en forme de mercredi après-midi et j'aimerais comprendre pourquoi. Je ne te juge pas, hein? J'essaye juste de comprendre.

– Tu veux dire un genre de syndrome de Stockholm ou un truc bien rance dans ce goût-là?

– Je ne sais pas, on ne peut pas comparer tes années d'internat à une prise d'otage mais admets que c'est tentant comme explication. Tu me dis que tu n'as pas vécu pendant huit ans et maintenant que tu es grande, libre et émancipée, tu t'en rajoutes quatre de plus dans le cornet. Hé, avoue que tu aimes ça, de compter les jours, non? Sinon comment l'expliquer?

– ...

– Je t'ai blessée. Pardon. Je le vois sur ton visage, que je t'ai blessée. Pardonne-moi. Je n'ai aucune légi...

– Non, non. Tu ne me blesses pas du tout. Tu me désinfectes au contraire. Ce n'est pas de la réticence que tu vois, ce sont des picotements. Ça fait mal, ton truc. C'est sûrement bénéfique, mais ça fait mal.

– Tu es sûre que tu ne veux pas jouer au Uno?

Sourires.

– Non. Je veux continuer. Je veux que tu continues à examiner cette plaie avec moi. Tu veux bien ?

– Je t'écoute.

– Non, *moi*, je t'écoute.

– Mais je n'ai rien à te dire, tu sais...

– Si. Bien sûr que si. Tu dois me dire de le quitter une bonne fois pour toutes.

– Mais ça, je n'ai pas besoin de te le dire, tu le sais déjà ! Tu me l'as présenté comme ça. Tu nous l'as amené comme ça. Ce n'est pas un récit, ton exposé, c'est une carte d'état-major. Ce téléphone que tu ronges comme une miséreuse, ta réalité qui est niée, toute cette tendresse qui ne passe qu'en contrebande, toutes ces histoires de dossiers à classer, de fondations pourries, de permis de construire que tu n'obtiendras jamais, ce sont tes mots à toi, ça. C'est ta vision à toi. Tes conclusions à toi. À aucun moment, tu n'as évoqué le bien que cet homme te faisait, n'est-ce pas ?

Silence. Picotements.

– Il t'en fait, continuai-je plus doucement, je sais qu'il t'en fait. Je viens de te le dire, que tu étais jolie à voir le matin quand vous aviez le loisir de vous parler, mais ça ne va pas, ça, Mathilde, ça ne va pas. C'est trop court. C'est trop petit. C'est trop mesquin. On sait tous que le bonheur n'existe pas et qu'il faut se démerder pour être heureux sans, mais là... Là, c'est carrément un guet-apens, ton truc. Aimer un homme pendant quatre ans et au bout de toutes ces années être encore obligée d'écrire « Dossier confirmé » à la place de « Je t'aime », c'est... Oui. Tu as raison. C'est la fin de l'honneur.

Silence.

J'ai versé la dernière larme de whisky dans ta tasse froide.

– Merci, as-tu murmuré, tête baissée.

– Tu ne peux pas continuer à marcher dans cette combine, si ?

– Je n'arrive pas à le quitter. À chaque fois que j'ai essayé, j'ai été malheureuse comme une pierre. Peut-être que la vie est mesquine avec lui mais sans lui elle est encore pire.

– La vie ? Mais quelle vie ? Quatre ans de maquis. Quatre ans de planque. Quatre ans de chagrin pour un homme qui ne peut te serrer dans ses bras qu'au prix d'un mensonge et qui se contente de te jeter une poignée de textos par-ci par-là. Mais, hé, souviens-toi : tu n'es pas une poule, Mathilde, tu n'es pas une poule. Je sais que tu souffres. Je le sais. Mais le truc vicieux, c'est que quatre années passées dans l'ombre d'un homme marié, c'est tellement de fausses joies, de faux départs, de pseudo-retrouvailles, de fausse intimité, de déceptions, d'humiliations et d'amertume qu'à force de subir tout ça, tu t'es perdue de vue en cours de route. Tu ne te souviens même plus que tu vaux mille fois mieux que ce que cet homme te propose de vivre. Pardon, de ne pas vivre.

– Non. Ne dis pas ça. Ce n'est pas vrai. Il est mieux que ça. Tu ne le connais pas mais il est mieux que ce que tu dis. Sinon je n'en serais pas là.

– Il sait que tu veux un enfant ?

– Il s'en doute.

– Il ne t'en fera pas ?

– Non.

– S'il t'aimait vraiment, il te quitterait. Quand on aime une femme qui veut des enfants, on les lui fait ou alors on la libère.

– *On les lui fait*. Que c'est macho. Tu parles comme un petit adjudant de merde.

– Je parle comme une maman. Mais c'est macho, je te l'accorde. On a envie d'en avoir avec elle ou alors on la libère.

– Et là tu parles comme un curé.

– Je parle comme la veuve d'un homme qui avait vingt ans de plus qu'elle, qui ne voulait pas d'enfant, qui se trouvait trop vieux pour devenir père, qui l'a donc quittée et qui est revenu un an plus tard l'attendre à la sortie de son boulot en poussant devant lui un magnifique landau. Un landau Bonnichon, ça ne s'invente pas… Mais pendant un an je n'ai jamais reçu le moindre signe de vie. Jamais. Pas un texto, pas une fleur, pas un message, rien. Pendant un an, j'ai été libre.

Silence.

– J'ai peur de le quitter. J'ai peur de la solitude. J'ai peur de regretter, de le regretter. J'ai peur de ne jamais revivre une histoire aussi forte. J'ai peur de m'ennuyer et de ne jamais m'en remettre. Même si je m'en défends, je suis sûre qu'il y a une sale petite bête tapie tout au fond de moi, un genre de termite, qui croit encore qu'il va finir par quitter sa femme alors qu'ils viennent d'acheter un appartement ensemble. En fait, je reste pour de mauvaises raisons. Je reste parce que j'obéis à cette sale petite bête. J'obéis à la pire partie de moi-même. À la plus mytho, la plus lâche et la plus peureuse.

– Obéir à des ordres qui vous déshonorent, c'est tout le drame du militaire, ça, non ? Pourquoi t'imposer encore ce genre de dilemme ? Pourquoi ? Fais comme cette grande Élisabeth que tu évoquais tout à l'heure, Mathilde : romps avec ces valeurs périmées. Déserte. Dételle. Enlève ton uniforme et rends les armes. Barre-toi. Fais le mur. Tu mérites mieux que cette vie-là. Tu sais, je n'oserais jamais te parler sur ce ton si je ne t'avais pas vue avec mes enfants. Si je ne t'avais pas vue sniffer leurs dou-dous ou passer ta main dans les boucles d'Alice tout à l'heure. Pourquoi prendre le risque de te priver de tout ça, hein? Pourquoi? Pour qui? Pour quelle histoire? Et puisque faire un enfant dans le dos d'un homme, c'est aussi désespérant que de tromper sa femme, alors tu dois t'arracher si tu veux une vie plus douce un jour. Tu n'as pas le choix. Tu dois vraiment t'arracher de là. Et en même temps que je te dis tout ça, je réalise les limites de mon discours parce que… Parce que moi je l'avais trouvé, l'éternel amant et le papa de rêve pour mes enfants, je l'avais trouvé. Et puis regarde… au bout du compte, je les élève toute seule quand même, alors… Alors, je ferais mieux de me taire.

Rires. Cris. Bruit.
Éclats de voix et de verre brisé sur la chaussée.

– Écoute, repris-je en me redressant, je vais te dire ma vérité. Je vais te dire ma vérité qui n'est pas ta vérité et qui n'est pas non plus la réalité. Ma vérité, c'est que je te tiens de grands discours et que j'ai tort. J'ai tort parce qu'en vérité, et c'en est encore une autre, je n'en sais rien. Je n'ai jamais su grand-chose et depuis que mon amoureux m'a quittée, je suis complètement à la ramasse donc vraiment, prends-en, laisses-en. Et même, laisses-en surtout. Oui, laisses-en, je ne suis pas du tout en mesure de t'expliquer la vie ces temps-ci. Non seulement, je suis à la ramasse, mais je suis même dans un état encore plus suspect qu'« à la ramasse ». Je suis faillible en tout point, crois-moi. Il n'y a rien de solide en moi à l'heure où je te parle, rien. Mais ce que je peux ajouter, pour euh… pour tenir mon rôle d'anesthésiste, disons, c'est que lorsque je l'ai rencontré, c'est moi qui étais mariée, enfin, pas mariée civilement, mais tout comme. Oui. C'était moi le bât qui blessait. Il était si malin qu'il n'a jamais fait de forcing bien sûr. Il n'a jamais exercé la moindre pression et il n'aurait jamais osé me parler de haut comme je viens de le faire à l'instant. Ce petit sermon, là, que je viens de te tenir, il aurait été horrifié de m'entendre parler ainsi. Horrifié et déçu. Il me croyait plus subtile que cela. Lui, pour me faire quitter ma petite cahute aussi terne que confortable, il m'a longue-ment laissée évoquer ma vie avec mon ex, avec mon concubin, comme il aimait à le susurrer en étirant la première syllabe jusqu'à la pointe de mes fossettes, il m'aurait laissée parler vraiment longuement, comme toi ce soir, tout en m'écoutant très attentivement, comme moi ce soir, et puis à la fin, il a...

Silence. Je souriais.

– Il a quoi?

– Il a bâillé. Il a bâillé et ça m'a fait rire.

– Et puis?

– Et puis rien. Et puis j'ai quitté un homme avec lequel je m'ennuyais pour un homme qui me faisait rire.

– Rhôô, grognas-tu en te recroquevillant dans les bourrelets de notre confessionnal, comme j'aurais aimé le connaître... Parle-moi de lui. Parle-moi encore de lui.

– Non. Un autre jour. Une autre nuit. Il faut aller se coucher, là. On a école demain.

– Si. Dis quelque chose. S'il te plaît. Dis-moi encore quelque chose de joli pour apporter de l'eau à ton moulin et me donner du courage.

– Une autre fois, je te le promets.

Silence.

– Ça t'ennuie si je dors là quelques heures?

– Non, bien sûr que non. Attends, je vais te trouver une couverture.

Je me suis remise debout, j'ai jeté la dernière bouteille vide, j'ai posé nos tasses et nos bols dans l'évier, je suis allée prendre un édredon sur mon lit, je suis revenue, j'ai fermé les volets, tiré les rideaux, monté le chauffage et je t'ai bordée.

J'ai éteint la lampe et j'ai ajouté :

– Si j'avais su que je l'aimais autant, je l'aurais aimé encore davantage.

Ce quelque chose, cette eau, ces derniers mots murmurés dans le noir t'ont-ils donné du courage?

Je l'ignore. Au matin, tu avais levé le camp et je ne t'ai jamais revue.

Mon chien va mourir

Un jour, il a plus été capable de monter dans le camion tout seul. Il a même pas fait semblant d'essayer. Il s'est assis devant le marchepied et il a attendu que je vienne. Ho, que je lui ai fait, tu bouges tes fesses mon gros père. Mais à la façon qu'y m'a regardé, j'ai baissé la tête. Je l'ai porté jusqu'à sa place et y s'est couché comme si de rien n'était, mais moi, ce jour-là, j'ai calé en démarrant.

Y a que nous dans la salle d'attente. De le tenir comme ça si fort mais sans trop le serrer, ça commence à me lancer dans l'épaule. Je me rapproche de la fenêtre pour lui faire voir la vue et même là, même maintenant, je vois bien que ça l'intéresse.

Ç'teu commère...

Je lui caresse la tête avec mon menton et je lui dis tout bas :

– Comment que je vais faire sans toi, hein ? Comment que je vais faire ?

Il ferme les yeux.

Avant de venir ici, j'ai téléphoné à mon patron. Je lui ai dit que je serais en retard pour ma tournée, mais bon, que je rattraperais. Que je rattrape toujours. Qu'il le sait depuis le temps.

– C'est quoi ?

– Un pépin, m'sieur Ricaut.

– C'est pas mécanique au moins ?

– Non, non, c'est mon chien.

– Qu'est-ce qu'il a encore, ton corniaud ? Il est resté coincé dans le cul d'une poule, cette fois ?

– Non, c'est pas ça, c'est que... Faut que je l'emmène au vétérinaire vu que c'est la fin, là.

– La fin de quoi ?

– La fin de sa vie. Et comme ils ouvrent pas avant 9 heures, le temps que ça se fasse et tout, je serai en retard au dépôt. C'est pour ça que je vous appelle.

– Oh, ben merde alors. Ben désolé, mon Jeannot. On l'aimait bien ton chien. Qu'est-ce qui lui est arrivé ?

– Rien. Il lui est rien arrivé. Il est vieux.

– Ben mince alors. Ça va être encore un coup dur pour toi cette affaire-là. Ça fait combien de temps que tu l'avais dans le bahut?

– Ça fait une paye.

– Et qu'est-ce que tu devais faire ce matin?

– Garonor.

– De quoi? De la came à Deret?

– Oui.

– Écoute, Jeannot, tu sais quoi? Tu la prends, ta journée, tu la prends. On se débrouillera.

– Vous pouvez pas sans moi. Y a le petit jeune qu'est en congés et Gérard, il est à son stage à points.

– Ah, mais oui… C'est vrai… Mais on va se démerder quand même, va. C'est moi qui vais te la faire. Ça va me dérouiller un peu. Ça fait tellement longtemps, je suis même sûr d'avoir les bras encore assez longs pour tenir un volant!

– Vous êtes sûr?

– Mais oui, t'en fais pas. Prends ta journée je te dis.

En septembre de l'année passée, quand il y a eu les barrages et que les grèves étaient si dures, on m'a insulté parce que je voulais pas me joindre aux autres. On m'a demandé si j'aimais ça, de sucer la bite au patron. Je me souviens, c'est Waldek qui avait dit ça et encore aujourd'hui, j'y repense souvent à cette phrase. Mais je voulais pas y aller. Je voulais pas que ma femme reste toute seule la nuit et la vérité, c'est que j'y croyais plus. C'était fini. C'était trop tard. Je leur disais aux collègues, que le vieux Ricaut était autant dans la mouise que nous et que je voulais pas aller faire le gugus aux postes à péages pendant que les gars de chez Geodis ou de chez Mory nous récupéraient nos marchés. En plus et je le dis comme je le pense, je l'ai toujours bien considéré, cet homme. Il a toujours été correct comme taulier. Et encore aujourd'hui, avec mon chien qui va mourir, il est correct.

Je dis mon chien parce qu'il a pas de nom sinon bien sûr je dirais autrement. C'était pour moins l'aimer et puis là encore c'est comme avec tout le reste, au bout du compte je me suis fait couillonner quand même.

Je l'ai récupéré une nuit en plein mois d'août alors que je remontais d'Orléans. C'était sur la nationale 20, un peu avant Étampes.

Je voulais plus vivre.

Ludovic nous avait quittés quelques mois plus tôt et si j'étais toujours de ce monde à transporter du matériel et des pièces détachées, c'est parce que j'avais calculé qu'il me fallait encore huit années d'activité pour que ma femme touche une retraite à peu près potable.

Dans ce temps-là, ma cabine c'était ma geôle. Je m'étais même payé un petit calendrier avec les jours qu'on pèle les uns après les autres pour que ça soye bien clair dans ma tête : huit ans, que je me répétais, huit ans.

Deux mille neuf cent vingt jours et bonsoir la compagnie.

J'écoutais plus la radio, je convoyais plus jamais personne, j'avais perdu le goût de causer et quand je rentrais chez moi, c'était pour allumer la télé. Ma femme, elle, elle était déjà couchée. Y faut dire qu'elle prenait beaucoup de cachets à l'époque.

Je fumais.

Je fumais deux paquets de Gauloises par jour et je pensais à mon fils mort.

Je ne dormais presque plus, je terminais jamais mes plateaux, la nourriture, je la jetais et je… je voulais que tout s'arrête. Ou alors que tout reparte en arrière. Pour faire autrement. Pour que sa mère souffre moins. Pour qu'elle lâche enfin ses bon Dieu de balais. Je voulais retourner à un moment où ça aurait été encore possible pour elle de ficher le camp de chez nous. Je serrais tellement les mâchoires qu'un soir je me suis cassé une dent rien qu'en ruminant.

Le médecin du travail que la société m'avait forcé à aller voir pour prendre des antidépresseurs (Ricaut avait peur que je fasse une connerie dans un des ses camions à lui) m'avait dit pendant que je me rhabillais :

– Écoutez, je ne sais pas exactement ce qui va vous tuer. Je ne sais pas si c'est le chagrin, les cigarettes ou le fait que vous ne vous nourrissiez plus correctement depuis des mois, mais ce qui est sûr, c'est que si vous restez dans l'état où vous êtes aujourd'hui, eh bien soyez rassuré, monsieur Monati, soyez rassuré : vous n'en avez plus pour très longtemps.

J'avais rien répondu. Y me fallait ce papier pour Dany, la secrétaire, alors je l'ai laissé dire et après je suis parti. J'ai acheté les médicaments pour que tout soye en ordre avec la Sécurité sociale et les assurances et puis j'ai jeté les boîtes à la poubelle.

J'en voulais pas et ma femme, j'avais peur qu'elle se finisse avec.

De toute façon c'était perdu d'avance. Et puis les médecins, j'en avais eu ma dose. Je ne pouvais plus les voir.

La porte s'ouvre. C'est à nous. Je dis que je suis venu pour faire piquer mon chien. Le vétérinaire me demande si je veux rester. Je lui réponds que oui et il s'en va dans une autre pièce. Il revient avec une seringue remplie d'un liquide rose. Il m'explique que l'animal ne va pas souffrir, que pour lui ça sera comme de s'endormir et... Te fatigue pas, bonhomme, j'ai envie de lui répondre, te fatigue pas. J'ai mon gamin aussi, qu'est parti avant moi, alors tu sais, te fatigue pas.

Je me suis mis à fumer comme un pompier et ma femme, elle, elle a plus jamais arrêté de nettoyer. Du matin jusqu'au soir et du lundi jusqu'à celui d'après, elle a eu plus que ça en tête : le ménage.

Ça a commencé en revenant du cimetière. On avait de la famille, des cousins de son côté à elle qu'étaient remontés du Poitou et, la dernière bouchée avalée, elle les a tous fichus dehors. Je croyais que c'était pour se retrouver enfin au calme mais non, elle a attrapé son tablier et elle s'est ficelée dedans.

De ce jour-là, elle l'a plus quitté.

Au début, je pensais : c'est normal, elle s'occupe. Moi je cause moins et elle, elle s'agite. Chacun fait comme y peut avec sa peine. Ça passera.

Mais je me suis trompé. Y a rien qu'est passé.

Aujourd'hui, chez nous, on peut lécher le parterre si on veut. Le parterre, les murs, le paillasson, les marches et même les sanitaires. Ça craint rien, y a tout qu'est confit dans la Javel. J'ai pas encore fini de saucer mon assiette qu'elle est déjà en train de la passer sous l'eau et si par malheur je pose mon couteau sur la table, je vois bien qu'elle se retient de me faire une réflexion. Je me déchausse toujours avant d'entrer et même mes savates, je l'entends qui se les cogne l'une contre l'autre sitôt que j'ai le dos tourné.

Un soir qu'elle était encore à quatre pattes à frotter les joints du carrelage, je me suis énervé :

– Mais arrête avec ça, bon sang ! Arrête, Nadine ! Arrête ! Tu vas me rendre fou, à la fin !

Elle m'a regardé sans répondre et elle s'est remise à gratter.

Je lui ai arraché l'éponge des mains et je l'ai balancée à l'autre bout de la pièce.

– Arrête je te dis.

J'avais presque envie de la tuer.

Elle s'est redressée, elle a récupéré son éponge et elle a recommencé.

À partir de ce jour-là, j'ai dormi au sous-sol et quand j'ai ramené le chien, je lui ai même pas laissé le temps de réagir :

– Il vivra en bas. Il montera pas. Tu le verras jamais. Je le prendrai dans le camion avec moi.

Souvent, des milliers de fois même, j'ai voulu l'attraper et la serrer dans mes bras ou la secouer comme une poupée et la supplier d'arrêter tout ça. La supplier. Lui dire que j'étais là, moi aussi, et que j'étais aussi malheureux qu'elle. Mais ça n'a jamais été possible : y avait toujours un aspirateur ou un panier de linge sale entre nous deux.

Des fois j'avais pas envie d'aller me coucher tout seul. Des fois je traînais, je buvais et je m'endormais devant la télé.

J'attendais qu'elle vienne me chercher.

Mais elle est jamais venue. Et je finissais par me faire une raison. Je remettais les coussins en place et je redescendais au sous-sol en me cassant à moitié la gueule dans les escaliers.

Quand tout a été si propre qu'elle arrivait plus à débusquer la moindre poussière, elle a été acheter un Kärcher et elle s'est mise à nettoyer les murs et toutes les maçonneries extérieures. Le voisin qu'est dans le bâtiment a eu beau la prévenir qu'elle allait bousiller le crépi, elle continue.

Le dimanche, elle laisse sa maison tranquille. Le dimanche, elle prend ses chiffons et tout son barda et elle s'en va au cimetière.

Elle a pas toujours été comme ça. Moi je suis tombé amoureux d'elle parce qu'elle me mettait de bonne humeur. Mon père, y me disait toujours : *Oh Nanni, tua moglie è un usignolo.* Ta femme, c'est un petit oiseau qui chante.

Au début qu'on était ensemble, je vous prie de croire que le ménage, ça la perturbait pas de trop. Oh que non.

Je roulais beaucoup trop vite quand j'ai vu mon chien pour la première fois. Y faut dire que les mouchards étaient pas perfectionnés comme maintenant. Et puis y avait moins de radars. Et puis je me foutais de tout aussi... Je conduisais un Scania 360. Un des derniers qu'on ait eus, je me souviens. Y devait être dans les 2 heures du matin et j'étais tellement fatigué que j'avais laissé la radio brailler pour me tenir éveillé.

D'abord, j'ai vu que ses yeux. Deux points jaunes dans le balai des phares. Il traversait la route et je m'étais pas mal déporté pour l'éviter.

J'étais en colère. En colère contre lui parce qu'y m'avait fait peur et aussi contre moi parce que je roulais comme un salopard. D'un, j'avais pas à aller si vite, de deux, c'était un miracle que le bas-côté soye net sans quoi j'aurais tout couché sur mon passage. J'étais pas fier. J'ai continué à m'assaisonner comme ça pendant plusieurs centaines de mètres en jurant comme un mauvais routier et puis je me suis demandé ce qu'y fichait là, ce chien, à 2 heures du matin sur une nationale en plein mois d'août.

Encore un qu'allait pas voir la mer…

Des chiens miséreux, j'en avais vu des colonies depuis que je faisais le ruban. Des blessés, des charognes, des attachés, des fous, des perdus, des qui boitaient et d'autres qui couraient après les voitures, mais je m'étais jamais arrêté bien sûr. Alors? Pourquoi celui-là?

Je ne sais pas.

Le temps que je me décide, j'étais déjà loin. J'ai roulé encore un peu à la recherche d'un endroit où faire demi-tour, mais comme c'était trop serré, j'ai fait la manœuvre la plus couillon de toute ma carrière : j'ai stoppé la bécane là, en plein milieu de la chaussée. J'ai allumé mes feux de détresse et je suis parti à la recherche de c'teu bestiau.

La mort peut pas gagner toujours.

C'était la première fois que j'avais une idée dans la tête depuis le départ du petit. La première fois que je prenais une décision qui me concernait en propre. J'y croyais pas de trop.

J'ai marché longtemps dans le noir, derrière la glissière de sécurité quand y en avait une, entre les herbes folles et toutes les saloperies que les gens balancent dans la nature. Les canettes, les paquets de cigarettes, les emballages en plastique et les bouteilles de pisse de mes collègues trop feignants ou trop à la bourre pour prendre le temps de s'arrêter cinq minutes. Je guettais la lune derrière les nuages et j'entendais des cris de chouette ou de je ne sais quoi au loin. J'étais en chemisette et je commençais à sentir le froid. Je me disais : s'il est encore là, je le prends, mais si je le vois pas de la route, je laisse tomber. Le bahut arrêté pleins phares là-bas, c'était pas bien. Et quand je suis arrivé dans ce tournant qui avait failli nous causer tellement d'ennuis à tous les deux, je l'ai vu.

Il était assis sur le bord de la route et y regardait dans ma direction.

– Bon, que je lui ai fait, tu viens ?

Il respire mal. On voit bien qu'il souffre. Je lui dis des choses gentilles en caressant sa ligne blanche entre les yeux. Avant même que l'aiguille soit ressortie, je sens le poids de sa tête qui roule le long de mon bras et sa truffe sèche qui s'écrase dans ma paume. Le vétérinaire me demande si je préfère qu'il soye incinéré ou si je le laisse partir à l'équarrissage. Je le prends avec moi, je lui réponds.

– Attention, il y a des règles à respecter, vous sav…

J'ai levé la main. Il a pas été plus loin.

J'ai eu vraiment du mal à remplir le chèque. Les lignes dansaient et je me rappelais plus de quel jour on était.

Je l'ai emmailloté dans mon blouson et je l'ai reposé sur sa couverture à sa place de d'habitude.

Avec ma femme, on voulait un autre enfant pour que le petit reste pas tout seul mais on n'a pas su le faire.

On a eu beau s'appliquer, on a eu beau essayer d'en rigoler, de se payer le restaurant, de boire des coups, de compter les jours, d'inventer des jeux et tout ça, tous les mois elle avait mal au ventre et tous les mois je la voyais qui perdait encore un peu plus de sa confiance en nous. Sa sœur, elle lui disait d'aller voir un docteur pour suivre un traitement, mais moi j'étais contre. Je lui rappelais ce qu'elle savait déjà, que le petit était bien venu sans rien, lui, et qu'elle avait pas à se détraquer la santé avec des hormones et des piqûres à en plus finir.

Maintenant, avec tout ce qu'on entend, avec les catastrophes nucléaires, les OGM, la vache folle et toutes les saloperies qu'ils nous font bouffer, je regrette de lui avoir dit tout ça, je regrette. Son organisme, il aurait pas été plus détraqué que celui d'une autre.

De toute façon, le temps qu'on se décide, Ludovic a eu ses premières crises et, de ce jour-là, on n'a plus songé à avoir un autre gamin.

De ce jour-là, on n'a plus jamais fait de projet.

Il n'avait pas deux ans et il s'est mis à tousser. Le jour, la nuit, debout, assis, à table, allongé ou devant ses dessins animés, il toussait. Il toussait et il s'étouffait.

Sa mère est devenue silencieuse : elle guettait. Elle faisait que ça, comme un animal, que de tendre l'oreille, de guetter son souffle et de montrer les crocs.

Elle courait les salles d'attente avec son gosse sous le bras. Elle posait des jours. Elle montait à Paris. Elle se perdait dans le métro. Elle laissait toutes ses économies aux chauffeurs de taxi et elle voyait des tas de spécialistes qui la faisaient attendre de plus en plus longtemps et qu'étaient de plus en plus chers.

Et le pire, c'est qu'elle continuait de se faire belle à chaque coup. Des fois qu'elle allait enfin tomber sur celui qui lui sauverait son petit bonhomme.

C'est un enfant qui a beaucoup manqué l'école. Et elle aussi, elle y a perdu. Elle avait une bonne place, elle était appréciée dans son travail et elle s'entendait bien avec ses collègues mais au bout d'un moment, ils l'ont convoquée quand même.

Ils l'ont appelée pour lui faire signer une sortie convenable.

Elle disait qu'elle était soulagée, mais ce soir-là, elle a rien pu manger. C'était injuste, qu'elle répétait, tout ça, c'était injuste.

Elle a cherché des causes d'allergie. Elle a changé la moquette, la literie, les rideaux, elle l'a privé de peluches, de parcs, de toboggans, de petits copains, de caresser les bêtes, de boire du lait, de manger des noisettes, de tout. De tout ce que les gamins aiment le plus.

Elle faisait que ça d'abord : l'emmerder. L'emmerder pour le sauver. Le jour, elle veillait sur lui et la nuit, elle écoutait sa respiration.

L'asthme.

Je me souviens d'un soir dans la salle de bains...

Je me lavais les dents pendant qu'elle se démaquillait.

– Regarde toutes ces rides, qu'elle gémissait, regarde tous ces cheveux blancs. Chaque jour, je suis plus vieille que celui d'avant. Chaque nuit, je vieillis plus vite que toutes les autres filles de mon âge. Je suis fatiguée. Tellement, tellement fatiguée...

J'avais rien répondu à cause du dentifrice. J'avais juste haussé les épaules façon de dire conneries. Conneries de bonne femme. T'es belle. Pourtant c'était vrai. Elle avait maigri. Son visage avait changé. Tout en elle était moins doux.

Nous nous prenions moins souvent et en gardant la porte toujours ouverte.

Je roule. Je ne sais pas où je vais enterrer mon chien.

Ce ratier, ce gueulard, ce petit bout de bâtard. Ce camarade qui m'avait gardé en vie si longtemps et qui m'avait si bien tenu compagnie. Qui aimait la voix de Dalida, qui avait peur de l'orage, qui vous repérait un lapin à plus de cent mètres et qui dormait la tête toujours posée sur ma cuisse. Oui, ce gredin-là, je sais pas encore où c'est que je vais me le planquer…

Grâce à lui, j'ai quasiment arrêté de fumer. Faut dire que lui aussi y s'était mis à éternuer, ce salopiot. Je sais bien qu'y se payait ma tête vu qu'il attendait pas toujours que je les allume pour faire son cinéma mais bon, ça me rappelait trop de mauvais souvenirs. Alors j'attendais les pauses.

J'étais plus à m'énerver en fonction de la fermeture des bureaux de tabac, des stationnements, du prix que ça me coûtait, de ma monnaie et tout ça. J'ai grossi et j'étais plus facilement incommodé par l'odeur de mes mains quand elles sentaient le gasoil ou quand on longeait des champs de colza, mais ça m'a fait beaucoup de bien cette histoire-là. Beaucoup, beaucoup de bien. Cette preuve tout à coup qu'y me restait encore la possibilité d'être un peu plus libre que ce que je croyais être.

Je m'y attendais pas.

Grâce à lui, je me suis remis à parler, j'ai fait des rencontres. J'étais loin d'imaginer qu'y avait tant de cabots parmi les collègues. J'ai appris des mots nouveaux et des races nouvelles, j'ai baragouiné des tas de conneries et j'ai partagé des sacs de croquettes à Pampelune ou à La Haye. J'ai sympathisé avec des gars que je comprenais que couic à ce qu'y me disaient, que je situais que rapport à leurs plaques, mais qui me ressemblaient, qu'étaient moins seuls que ce qu'ils en donnaient l'air.

Les autres, ils ont leur bahut, leur cargaison, leur planning et leur stress. Nous on a tout ça, et puis un chien encore en plus.

Lui aussi, il a fait des rencontres. J'ai même une photo d'un de ses petits dans la boîte à gants. En Moldavie, qu'il est. Avec le collègue, on s'était juré qu'on se reconnaîtrait si un jour on les envoyait pisser au même endroit, mais ça s'est jamais trouvé comme ça. Bah.

Grâce à lui, j'ai rencontré Bernard qui a perdu un fils du même âge que le nôtre. Lui, sa femme l'a quitté par-dessus le marché. Il a essayé de se foutre en l'air deux fois et puis en fin de compte y s'est remarié. Comme il dit, ça revient à peu près au même sauf que ça lui fait plus d'emmerdements.

Quand on se trouve la nuit, sur la radio, on se parle. Enfin, surtout lui. Lui, c'est un bavard. Il sait y faire pour mélanger les blagues et le reste. En plus c'est un Béarnais, il a un bel accent. On se parle et après, tout ce qu'y m'a dit, ça me tient en veille pendant très longtemps.

Nanar64.

Un ami.

Grâce à mon chien, j'ai cessé de me bloquer la mâchoire et j'ai repris goût à la route. Pauses pipi obligent, j'ai même découvert des coins ici ou là où il aurait fait bon vivre.

Grâce à lui, qui avait été abandonné et qui m'avait attendu sagement la première nuit, qui avait pas douté une seule minute que j'allais revenir le chercher et qui maintenant comptait sur moi pour son bien-être, j'ai été mieux. Je ne dis pas heureux, je dis mieux.

C'est quelque chose ou quelqu'un comme ça qui a manqué à ma femme.

Je roule toujours. Y faut que je lui trouve un bel endroit.

Ensoleillé. Et avec du panorama.

Je ne sais pas si c'est un bon ou un mauvais souvenir... Ludovic devait avoir dans les onze ou douze ans, maigrichon, blanc comme un cachet d'aspirine, tout le temps fourré dans les jupes de sa mère, pleurnichant au moindre effort, manquant l'école, dispensé de gymnastique, sans arrêt après ses bandes dessinées et ses jeux vidéo. Enfin pas vraiment un gamin, quoi...

Un soir qu'était pas fait comme les autres, j'ai débrayé.

J'ai attrapé le poignet de ma femme et je l'ai forcée à se tourner vers son petit souffreteux :

– C'est pas possible, Nadine ! C'est pas possible, j'ai gueulé. Y va pas rester assis comme ça jusqu'à notre mort, si ? Y faut qu'y devienne un homme, nom de Dieu ! J'ui demande pas de courir le marathon, mais enfin, quand même ! Y va pas passer le reste de sa vie à lire des bêtises et à empiler des briques sur un écran de télé, merde !

Ma femme paniquait et le petit s'est redressé en posant sa manette de jeu.

– Mon Ludo, je dis pas ça pour t'embêter, mais à ton âge, y faut sortir. Y faut faire enrager tes vieux ! Y faut bricoler une Mobylette et regarder les filles ! Je sais pas, moi... mais y a rien qui t'apprendra la vie par ici. Faut éteindre, là, mon gars ! Faut me débrancher tout ça.

– Je les regarde, les filles, qu'y m'a répondu en souriant.

– Mais y suffit pas de les regarder, bon sang ! Faut leur parler aussi !

– Ne t'énerve pas, Jean, suppliait ma femme, ne t'énerve pas.

– Je m'énerve pas !

– Si. Tu t'énerves. Et maintenant tu t'arrêtes tout de suite ou ça va lui déclencher une crise.

– Une crise ? Mais qu'est-ce que c'est que ces conneries encore ? Je crache des poils, peut-être ?

– Arrête. C'est le stress, tu sais bien…

– Le stress, mon cul ! C'est toi qui nous le rends comme ça à force de nous le couver ! C'est toi qui nous l'empêches de grandir pour garder ton poupon !

Sa mère s'était mise à pleurer.

Elle pleurait facilement.

Pendant la nuit, il a toussé et il s'est ventilé quatre fois. Je dors du côté du mur, j'aurais pu ne rien entendre.

Le lendemain, c'était un dimanche. Elle est venue me trouver au cabanon :

– Mercredi, il a rendez-vous à Necker pour sa visite. Ce mois-ci, c'est toi qui l'emmèneras. Comme ça tu lui demanderas, à Robestier, quand est-ce qu'il pourra reprendre l'entraînement et traîner dans les cafés, d'accord ?

– Mercredi, je travaille.

– Non, qu'elle m'a fait, tu ne travailleras pas parce que t'as ton gamin qui va à l'hôpital et que tu l'accompagnes.

La façon qu'elle m'a regardé, j'ai pas protesté. En plus, je travaillais pas ce mercredi-là. C'était l'ouverture de la pêche et je le savais qu'elle le savait aussi.

Tiens, là, c'est pas mal… Cette petite colline, là-bas…

Mon chien, c'était pas un chien. C'était une concierge. Il était toujours assis bien droit, les pattes avant alignées sur le tableau de bord et y regardait la route. Des fois y se mettait à gueuler tu ne savais même pas pourquoi. Y avait quelque chose au loin qui lui plaisait pas et y te réglementait tout ça depuis son poste de surveillance.

Qu'est-ce qu'il m'aura cassé les oreilles quand j'y pense…

Les gens y me demandaient : Mais vous avez un coyote pour les radars ? Oh, ma foi, oui, que je leur répondais, un fameux. Et puis sur ventouse encore. Alors une colline, tu penses… C'est le minimum.

Bien sûr, j'ai pas osé la ramener. J'avais été trop impressionné par les autres gamins dans la salle d'attente et après, par tous les examens qu'ils imposaient à mon Ludo. À un moment, j'ai même eu envie de leur dire : Bon, hé. C'est bon, là. Vous voyez bien qu'il en peut plus. C'est pour l'humilier ou quoi ? À la fin, ils l'ont installé dans une espèce de cabine en verre et ils lui ont demandé de souffler dans des tuyaux biscornus jusqu'à ce qu'il tourne de l'œil. C'était pour lire son souffle sur une courbe d'ordinateur.

Comme pour les battements d'un cœur.

J'étais assis sur un tabouret et je lui gardais son blouson.

Pendant qu'une infirmière changeait les tuyaux, je lui envoyais des petits signes d'encouragement. C'était pas vraiment une compétition, mais bon, il était courageux quand même...

Ensuite, il recommençait à leur obéir et moi je regardais tous ces écrans pour essayer d'y comprendre quelque chose.

L'explication de ce que notre vie était devenue. Pourquoi toutes ces nuits blanches ? Pourquoi l'angoisse ? Pourquoi mon fils était toujours le plus petit de sa classe et pourquoi sa mère ne m'aimait plus comme avant ? Hein ? Pourquoi ? Pourquoi nous ? Mais tous ces chiffres dans tous les sens, bien sûr, j'y comprenais rien.

J'ai su qu'elle avait parlé au docteur avant la

consultation parce qu'à un moment, il s'est retourné vers moi et y m'a dit comme ça, dans un petit sourire de curé :

– Alors, monsieur Monati... Il semblerait que vous soyez un peu... (il a fait semblant de chercher son mot) un peu contrarié par le comportement de votre fils dans la vie quotidienne, n'est-ce pas ?

J'ai bafouillé.

– Vous le trouvez trop mou ?

– Pardon ?

– Aboulique ? Indolent ? Apathique ?

J'avais chaud. Je comprenais rien à ce qu'y me jactait.

– C'est sa mère qui vous a parlé, c'est ça ? Écoutez, docteur, je sais pas ce qu'elle vous a dit au juste, mais moi, tout ce que je veux, c'est une vie normale pour mon gamin. Une vie normale, vous comprenez ? Je ne crois pas que ça lui rende service, cette façon qu'elle a d'être toujours aux petits soins pour lui. Je sais bien qu'il est pas en bonne santé, mais je me demande si de le laisser confiné comme ça chez nous, comme dans une étuve pour ainsi dire, ça le maintiendrait pas dans un état de faiblesse.

– Je vois, monsieur Monati, je vois... Je vois très bien ce qui vous préoccupe et, hélas, je serais bien en peine de vous rassurer, cependant je vous propose de vous prêter à une sorte de petit test, vous aussi. Y consentiriez-vous ?

Pire qu'un curé, un archevêque.

Ludovic me regardait.

– Bien sûr, j'ai répondu.

Il m'a demandé d'ôter ma veste. Il s'est levé, il a été chercher une paire de ciseaux derrière ses ordinateurs, il a découpé une large bande de sparadrap et il me l'a collée sur la bouche. Ça m'a déplu. Encore une chance que j'étais pas enrhumé ce jour-là. Ensuite il a quitté la pièce pendant un long moment et Ludo et moi, on s'est retrouvés tout seuls comme des cons.

– Mhmm... Mhmm... que je lui faisais en marchant comme un pingouin.

Il rigolait. Quand il se mettait à plisser des yeux comme ça, c'était sa mère que je voyais. Nadine quand elle était plus jeune. La même petite gueule d'amour. Le même petit museau pointu.

Le docteur est revenu avec une paille en plastique jaune. Une paille de gosse pour boire des menthes à l'eau. Avec une lame de bistouri, il a fait un trou minuscule devant ma bouche, il a glissé la paille dans le sparadrap et il m'a demandé si je pouvais respirer. J'ai hoché la tête.

Après, avec une aiguille de seringue, il a percé la paille à plusieurs endroits. Coup d'œil vers moi.

Ça allait, pas de souci, y pouvait continuer son petit jeu à la con.

Ensuite, y m'a collé un pince-nez et là, déjà, je me sentais plus si bien.

Là, déjà, je paniquais.

Il s'est tourné vers le petit :

– Il s'appelle comment, ton père?

– Jean. Mais tout le monde l'appelle Jeannot.

– Bien... puis, se tournant vers moi : Vous êtes prêt, Jeannot? Vous me suivez? Bien entendu, interdiction formelle de toucher à mon petit dispositif. Je peux compter sur vous, n'est-ce pas?

Je me suis garé, j'ai ouvert le coffre, j'ai pris ma pelle et j'ai calé mon chien mort à l'intérieur de mon blouson.

Il faisait beau, j'ai remonté la fermeture Éclair et on est partis tous les deux.

On l'a suivi dans le couloir et il nous a demandé de l'attendre un instant. Mon Lulu et moi, on s'est regardés en secouant la tête : Hé, mais c'était le docteur Maboule, ce gars-là ou quoi? Enfin, lui, il secouait la tête, mais moi non. Moi, je ne pouvais pas. J'ai juste levé les yeux au ciel et rien que ça, ça m'a pris plus de souffle que j'aurais pensé. Après, j'ai plus bougé d'un millimètre.

Robestier est revenu. Il avait enlevé sa blouse et il sautillait comme un gamin en poussant du pied un vieux ballon de foot.

Il m'a lancé comme ça :

– Allez, Jeannot, allez! La passe!

Pas une seconde, j'ai espéré toucher ce foutu ballon. Pas une seconde.

Je me dandinais un peu, mais je me penchais le moins possible. Y fallait que la paille reste bien horizontale. Y fallait pas que je bouge la tête trop vite et surtout pas de gauche à droite ou de haut en bas sinon j'aurais plus assez d'air.

J'essayais pourtant.

– Alors, Jeannot? Hé! Qu'est-ce tu fous, vieux?

Je le reconnaissais pas. Lui, si fier tout à l'heure derrière son bureau et là maintenant qui me tutoyait en bondissant comme un lapin.

– Je te demande pas de marquer un but, mais enfin merde, quoi! Une petite passe tout de même!

La paille que je m'interdisais de recracher, le manque d'air plus l'énervement de ne pas réussir à toucher cette maudite balle, j'ai commencé à perdre les pédales. J'ai essayé de me calmer, mais je sentais que j'allais crever.

– NON, MONSIEUR MONATI! NON!

Et tout ce que j'ai trouvé à faire pour ne pas arracher cette saloperie de pansement ou plutôt pour ne pas perdre la face devant mon gamin, ç'a été de me laisser tomber sur le sol, de me rouler en boule et de rester immobile le plus longtemps possible le front contre les genoux et les bras renfermés au-dessus de ma tête pour me protéger du monde.

Que personne me regarde. Que personne me parle. Que personne me touche. Qu'on me laisse faire le mort le plus longtemps possible pour que je puisse recommencer à vivre.

Il m'a tendu la main et m'a hissé jusqu'à lui pendant que je me débarrassais de son merdier.

– Vous voyez, Jean, ce que vous venez de vivre là, c'est ça…

Il m'indiquait la machine. Ce petit écran lumineux où tout ce que Ludovic leur avait donné de meilleur en soufflant de toutes ses forces apparaissait sous la forme de minuscules pattes de mouche éparpillées dans un graphique qui était mille fois trop grand pour elles.

Je me rendais pas compte que ça grimperait comme ça. Je me sers de ma pelle comme d'un bâton de marche et certains mots, je me les redis tout haut : *Alors, Jeannot, la passe ? Non, monsieur Monati ! Non !*

Le soir, je suis allé voir mon garçon dans sa chambre. Il était dans son lit. Il lisait un magazine. J'ai tiré la chaise de sous son bureau.

– Ça va ?

– Oui.

– Qu'est-ce tu lis de beau ?

Il me montre la couverture.

– C'est bien ?

– Oui.

– Bon…

Je voyais bien qu'il avait pas trop envie de discuter. Qu'il était fatigué et qu'il avait surtout envie de lire son truc sur les dix énigmes du système solaire bien tranquille.

– T'as pris ta Ventoline ?

– Oui.

– Bon, ben… tout va bien alors ?

– Oui.

– Je… Je t'embête, là, non ? Je t'empêche de lire, c'est ça ?

Y m'a regardé dans les yeux.

– Oui, qu'il m'a dit en me faisant un grand sourire, tu m'embêtes un peu.

Ah… Quand j'y pense… Comme il était gentil, ce gamin… Tellement, tellement gentil…

Au moment de quitter sa chambre, j'ai pas pu m'empêcher de lui demander :

– Comment que tu fais, toi?

– Comment je fais quoi?

– Pour respirer.

Il a baissé son magazine sur son ventre et il a réfléchi pour me donner la seule bonne réponse possible :

– Je me concentre.

Je lui ai souhaité une bonne nuit et au moment où je fermais sa porte, je l'ai entendu qui ricanait :

– Bonne nuit, Ronaldo.

Et de se marrer comme ça, un tout petit peu et en douce, juste pour se moquer de son vieux papa, eh bien ça l'a à moitié étouffé.

Là, c'était parfait. Un genre de petit promontoire orienté sud/sud-ouest. Là, il aurait de quoi faire, mon petit caquet...

J'ai creusé.

Je lui ai laissé mon blouson. J'ai dépiauté deux morceaux de sucre que j'avais récupérés dans un self et je les ai glissés dans la poche intérieure.

Pour la route.

Le trou a été vite rebouché. C'était pas un gros chien.

Je me suis assis près de lui et, d'un coup, je me suis senti seul au monde.

J'ai fumé une cigarette et puis une deuxième et puis une troisième.

Après je me suis servi de ma pelle pour m'aider à me relever.

Tous les médecins nous répétaient qu'il fallait envoyer Ludovic au bon air. Qu'il devait poursuivre ses études à la montagne et loin de nous. On a eu du mal à se décider. Surtout ma femme.

Finalement, on l'a inscrit dans un genre de lycée-sanatorium dans les Pyrénées. Ça n'a pas posé de problème. Nadine disait que c'était grâce à son dossier scolaire. À mon avis c'était surtout à cause de son dossier médical, mais bon, peu importe, il était content de partir.

Il avait tout juste quinze ans, il venait d'entrer en seconde et c'était un môme adorable. Je dis pas ça parce que c'était le mien, je le dis parce que c'est la vérité. Est-ce que c'était dans son caractère ou est-ce que c'était la maladie qui l'avait rendu comme ça ? j'en sais rien mais je le répète une dernière fois : c'était un môme adorable.

Tout petit pour son âge, mais déjà un grand, grand monsieur...

Ça s'est passé avant les vacances de Pâques. On

attendait son retour avec impatience. Sa mère tournait en rond et moi j'avais posé des jours. On devait l'emmener au Futuroscope avant de filer chez ses cousins à Parthenay. J'étais là quand le téléphone a sonné.

La direction du lycée nous a annoncé que notre fils Monati Ludovic avait eu une crise pendant la récréation et que l'administration avait immédiatement contacté les secours, mais que le jeune était décédé pendant son transfert vers le CHU le plus proche.

Le plus dur, ç'a été de vider sa chambre là-bas. Il a fallu tout récupérer et tout mettre dans des sacs poubelle : ses vêtements propres et ses vêtements sales, ses jeux, ses livres, les affiches qu'ils avait accrochées autour de son lit, ses cahiers, ses secrets et toutes ses boîtes de médicaments.

Nadine ne bronchait pas. La seule chose qu'elle exigeait, c'était de ne pas croiser le directeur. Il y avait dans cette « triste affaire », comme il disait, des détails qu'elle n'arrivait pas à encaisser.

Un garçon de quinze ans, ça mourait pas comme ça dans une cour de récréation.

Devant l'internat, elle s'est tournée vers moi :

– Ne reste donc pas dans mes pattes. Va m'attendre dans la voiture. Je préfère être seule.

Elle n'a jamais eu à me le redire et pourtant,

depuis ce jour-là, j'ai toujours eu l'impression d'être dans ses pattes.

Ça roule mal. J'avais pas prévu les embouteillages. J'ai pas l'habitude de rouler dans ces heures-là. J'ai pas l'habitude de me sentir pris au piège de la circulation. Des gens klaxonnent et mon chien me manque.

Demain, je remonterai dans ma cabine et y aura son odeur.

Y me faudra du temps pour m'en déshabituer.

Combien de temps ?

Combien de temps *encore* ?

Combien de temps avant d'arrêter de regarder de son côté, de lui demander si tout va bien et de tendre la main vers la place des morts, hein ?

Combien de temps tout ça ?

J'ai dit c'est moi et je suis allé dans la cuisine m'ouvrir une bière. J'allais descendre quand elle m'a appelé. Elle était assise dans le salon.

Elle n'avait pas son tablier et son manteau était posé sur ses genoux.

– Comme je m'inquiétais j'ai appelé à ton travail et Ricaut m'a dit pour ton chien.

– Ah ?

J'avais déjà tourné les talons quand elle a ajouté :

– Tu ne veux pas marcher un peu?

– …

– Si, viens… Remets donc tes chaussures et viens.
Je t'attends.

On est sortis, j'ai fermé la maison, la nuit tombait
et on s'est donné la main.

Happy Meal

Cette fille, je l'aime. J'ai envie de lui faire plaisir. J'ai envie de l'inviter à déjeuner. Une grande brasserie parisienne avec des miroirs et des nappes en tissu. M'asseoir près d'elle, regarder son profil, regarder les gens tout autour et tout laisser refroidir. Je l'aime.

— D'accord, me dit-elle, mais on va au McDonald's.

Elle n'attend pas que je me raidisse.

— Ça fait si longtemps, ajoute-t-elle en reposant son livre près d'elle, si longtemps...

Elle exagère. C'était il y a moins de deux mois, je sais compter. Je sais compter, mais je me résigne. Cette demoiselle aime les nuggets et la sauce barbecue, qu'y puis-je?

Si nous restons ensemble assez longtemps, je lui apprendrai autre chose.

Je lui apprendrai la sauce grand veneur, les vins de pomerol et les crêpes Suzette, par exemple. Si nous restons ensemble assez longtemps, je lui apprendrai que les garçons des grandes brasseries n'ont pas le droit de toucher nos serviettes et qu'ils les font glisser sur la table en soulevant légèrement celle de présentation. Elle sera bien étonnée. Il y a tellement de choses que je voudrais lui montrer. Tellement, tellement de choses... Mais je ne dis rien et la regarde boutonner son joli manteau.

Je sais comment sont les filles avec l'avenir : juste prometteuses. Je préfère l'emmener dans cette saloperie de fast-food et la rendre heureuse un jour après l'autre. Les crêpes Suzette peuvent attendre.

Dans la rue, je la complimente sur ses chaussures. Elle s'en offusque :

– Ne me dis pas que tu ne les avais jamais remarquées, je les ai depuis Noël !

Je bredouille, elle me sourit alors je la complimente sur ses chaussettes et elle me dit que je suis bête. Tu penses si je le savais.

J'éprouve un haut-le-cœur en poussant la porte. D'une fois sur l'autre, j'oublie à quel point je hais le McDonald's. Cette odeur... Cette odeur de graillon, de laideur, de cruauté animale et de vulgarité mélangés. Pourquoi les serveuses se laissent-elles ainsi enlaidir ? Pourquoi porter cette visière insensée ? Pourquoi les gens font-ils si docilement la queue ? Pourquoi cette musique d'ambiance ? Pour quelle ambiance ? Je trépigne. Les clients devant nous sont mal élevés. Les jeunes filles sont grossières et les jeunes gens ont tous le regard vide. J'ai déjà du mal avec l'humanité, je ne devrais pas venir dans ce genre d'endroit.

Je me tiens droit et je fixe un point loin devant moi, le plus loin possible : les prix des menus Maxi Best Of et la composition chimique des Very Parfait affichés au-dessus du comptoir. « Maxi Best Of » « Very Parfait ». Comment peut-on ridiculiser les mots à ce point ? Je deviens triste. Elle le sent, elle sent ces choses. Elle prend ma main et la presse doucement. Elle ne me regarde pas. Je me sens mieux. Son petit doigt caresse l'intérieur de ma paume et ma ligne de chance se met à chevaucher celle du cœur.

Elle change d'avis plusieurs fois. Pour le dessert, elle hésite entre un milk-shake ou un sundae caramel. Elle retrousse son mignon petit nez et tortille une mèche de cheveux. La serveuse est fatiguée et moi je suis ému. Je porte nos deux plateaux. Elle se retourne :

– Tu préfères t'asseoir tout au fond, j'imagine ?

Je hausse les épaules.

– Si. Tu préfères. Je le sais bien.

Elle m'ouvre la voie. Ceux qui sont mal assis raclent leur chaise à son passage. Des visages se tournent. Elle ne les voit pas. Impalpable dédain de celle qui se sait belle. Elle cherche une petite alcôve où nous serons bien tous les deux. Elle a trouvé, me sourit encore, je ferme les yeux en signe d'acquiescement. Je pose notre pitance sur une table maculée de postillons de ketchup et de traînées grasses. Elle défait lentement son écharpe et dodeline trois fois de la tête avant de laisser voir son cou gracile. Je reste debout comme un grand nigaud.

– Qu'est-ce que tu attends ? me demande-t-elle.

– Je te regarde.

– Tu me regarderas plus tard. Ça va être froid.

– Tu as raison.

– J'ai toujours raison.

– Non, mon amour. Pas toujours.

Petite grimace.

J'allonge mes jambes dans l'allée. Je ne sais pas par quoi commencer. J'ai déjà envie de partir. Je n'aime rien de tous ces machins emballés. Un garçon avec un anneau fiché sous le nez est rejoint par deux autres braillards. Je replie mes jambes pour laisser passer cet étrange bétail.

J'ai un moment de doute. Que fais-je ici ? Avec mon immense amour et ma veste en tweed ? J'ai ce réflexe imbécile de chercher un couteau et une fourchette.

Elle s'inquiète :

– Quelque chose ne va pas ?

– Non, non. Tout va bien.

– Alors mange !

Je m'exécute. Elle ouvre délicatement sa boîte de nuggets comme s'il s'agissait d'un coffre à bijoux. Je regarde ses ongles. Vernis bleuté. Vernis ailes de libellule. Je dis cela, je n'y connais rien en couleur de vernis, mais il se trouve qu'elle a aussi deux petites libellules dans les cheveux. Minuscules barrettes qui retiennent à peine quelques mèches blondes. Je suis ému. Je sais, je me répète, mais je ne peux pas m'empêcher de penser : « Est-ce pour moi, en pensant à ce déjeuner, qu'elle a nacré les ongles ce matin ? »

Je l'imagine, concentrée dans la salle de bains et rêvant déjà à son sundae caramel. Et à moi par la même occasion. Eh oui. À moi. Fatalement.

Elle trempe ses morceaux de poulet décongelés dans leur sauce en plastique.

Elle se régale.

– Tu aimes vraiment ça ?

– J'adore.

– Mais pourquoi ?

Sourire triomphal.

– Parce que c'est bon !

Elle me fait comprendre que je suis un ringard et un rabat-joie, je le vois dans ses yeux. Mais du moins s'exprime-t-elle tendrement.

Pourvu que ça dure, cette tendresse. Pourvu que ça dure.

Je l'accompagne. Je mastique et déglutis à son rythme. Elle ne me parle pas beaucoup. J'ai l'habitude. Elle ne me parle jamais beaucoup quand je l'emmène déjeuner. Elle est bien trop occupée à regarder les tables voisines. Les gens la fascinent. Même cet énergumène qui s'essuie la bouche et se mouche dans la même serviette à la table d'à côté a plus d'attrait que moi.

Et tandis qu'elle les observe, j'en profite pour la dévisager tranquillement.

Qu'est-ce que j'aime le plus chez elle ?
En numéro un, je mettrais ses sourcils. Elle a de très jolis sourcils. Très bien dessinés. Le Grand Architecte devait être inspiré ce jour-là. Il s'est probablement servi d'un pinceau en poils de martre et sa main n'a pas tremblé. En numéro deux, ses lobes d'oreilles. Parfaits. Ses oreilles ne sont pas percées. J'espère qu'elle n'aura jamais cette idée saugrenue. Je l'en empêcherai. En numéro trois, quelque chose de très délicat à décrire. En numéro trois, j'aime son nez ou, plus exactement, ses narines. Les doux petits dos ronds de ces deux coquillages. Ces coquillages rose pâle, presque blancs, pareils à ceux que nous cherchons chaque été depuis que nous nous sommes rencontrés et que les gamins de la plage appellent des porcelaines. En numéro quatre...
Mais déjà le charme est rompu : elle a senti que je la regardais et minaude en mordillant sa paille. Je me détourne. Je cherche mon téléphone en tâtant mes poches.
– Tu l'as mis dans mon sac.
– Merci.

– Qu'est-ce que tu ferais sans moi, hein?

– Rien.

Je lui souris et j'attrape une poignée de frites froides.

– Je ne ferais rien, repris-je, mais je ne serais pas obligé d'aller au McDo un samedi après-midi.

Elle ne m'a pas entendu. Elle attaque son sundae. Du bout de sa cuillère, elle commence par manger les éclats de cacahuètes puis remonte consciencieusement le long de chaque sillon de caramel.

Elle repousse ensuite son plateau.

– Tu ne le finis pas?

– Non. En fait, je n'aime pas les sundae. J'aime juste les bouts de cacahuètes et le caramel. La glace, ça m'écœure.

– Tu veux que je leur demande de t'en remettre?

– De quoi?

– Eh bien des cacahuètes et du caramel...

– Ils ne voudront jamais.

– Pourquoi?

– Parce que je le sais. Ils ne veulent pas.

– Laisse-moi faire.

Je me lève en prenant son petit pot de crème glacée et me dirige vers les caisses. Je lui fais un clin d'œil. Elle me regarde amusée. Je n'en mène pas large. Je suis un preux chevalier qui porte, jusque dans des contrées très hostiles, les couleurs de sa princesse.

En douce, je demande à la dame un nouveau sundae. C'est plus simple. Je suis un preux chevalier qui a vécu.

Elle recommence son travail de fourmi. J'aime sa gourmandise. J'aime ses manières.

Tant de grâce...

Comment est-ce possible?

Je réfléchis à ce que nous allons faire ensuite. Où vais-je l'emmener? Que vais-je faire d'elle? Me donnera-t-elle sa main quand nous serons de nouveau dans la rue? Reprendra-t-elle son charmant pépiement là où elle l'a laissé en entrant? Où en était-elle d'ailleurs? Je crois qu'elle me parlait du week-end de Pâques. Où irions-nous à Pâques? Mon Dieu, ma chérie, mais je ne le sais pas moi-même. Te rendre heureuse un jour après l'autre, je peux essayer, mais me demander ce que nous ferons dans deux mois, comme tu y vas. Il faut donc que je trouve un autre sujet de conversation en plus d'une destination de promenade.

Preux, qui a vécu, et inspiré.

Les bouquinistes peut-être... Les bouquinistes ne sont qu'un prétexte pour flâner le long de la Seine. Elle va soupirer. « Encore ? *Encore* les vieux livres ? » Non, elle ne va pas soupirer. Elle aussi, aime me faire plaisir. Et puis sa main, elle me la donnera, je le sais bien. Elle me l'a toujours donnée.

Elle replie sa serviette avant d'essuyer sa bouche. En se levant, elle lisse sa jupe et tire sur les manches de son gilet. Elle prend son sac et me désigne du regard l'endroit où je dois déposer nos plateaux.

Je lui tiens la porte. Le froid nous surprend. Elle refait le nœud de son écharpe puis libère, d'un geste sûr, ses cheveux de dessous le col de son manteau. Elle se tourne vers moi et me remercie :
– C'était délicieux.

C'était délicieux.
Nous descendons la rue Dauphine, le vent souffle, je l'attrape par l'épaule et la serre contre moi.

Cette fille, je l'aime. C'est la mienne. Elle s'appelle Adèle et n'a pas six ans.

Mes points de vie

Ce matin, peu avant 10 heures, mon téléphone a vibré contre ma poitrine. J'ai senti son bourdonnement, mais je ne m'en suis pas soucié car j'étais accroupi devant un mur et j'examinais l'évolution d'une fissure.

Le genou posé sur mon casque de chantier, j'essayais de comprendre pourquoi un bâtiment d'habitation collective (BHC) entièrement neuf ne serait jamais habité.

J'avais été nommé comme expert par la compagnie d'assurances du cabinet d'architectes qui l'avait conçu et j'attendais que mon assistant finisse de lire les relevés des jauges que nous avions posées le long de cette même fissure quatre mois plus tôt.

Je ne vais pas entrer dans les détails maintenant

car ce serait beaucoup trop technique, mais la situation était tendue. Notre agence travaillait sur ce dossier depuis plus de deux ans et une très grosse somme d'argent était en jeu. Une très grosse somme d'argent, la réputation de trois architectes, de deux géomètres, d'un promoteur immobilier, d'un terrassier, d'un constructeur, d'un chef de travaux, de deux ingénieurs-conseils et d'un député-maire.

Il fallait déterminer la « tendance du désordre », comme nous disons pudiquement dans notre jargon et selon que mon futur rapport privilégierait un mot plutôt qu'un autre entre ces trois-ci : « déplacement », « glissement » ou « inclinaison » (et tous leurs corollaires), serait enfin désigné, non pas le montant – subtilité qui n'était pas de mon ressort – mais les noms de l'émetteur et du récepteur de la facture à venir.

Autant dire que je n'étais pas seul ce matin-là au chevet d'un immeuble à peine sorti de terre et déjà moribond et que mon téléphone pouvait bien vibrer dans le vide.

Il a recommencé, d'ailleurs. Il a de nouveau tremblé deux minutes plus tard. Agacé, j'ai glissé ma main sous ma veste. À peine l'avais-je bâillonné que celui de François, mon assistant, a pris la relève. Ses sonneries ont retenti un long moment, six, sept fois peut-être, et à deux reprises, mais François s'affairait dans une nacelle à dix mètres du sol et l'entêté qui cherchait à le joindre a fini par raccrocher.

Je réfléchissais, je soupirais, je passais la main sur cette maudite fissure, la troisième apparue sur cette façade-ci depuis le début de nos investigations, et je la frôlais du bout des doigts comme j'aurais effleuré une plaie humaine. Avec le même sentiment d'impuissance et dans un même délire vaguement christique.

Mur, referme-toi.

Je détestais le moment que j'étais en train de vivre. Je sentais que cette mission était trop lourde pour moi, pour nous, mon associé et moi, trop lourde, trop difficile et surtout trop risquée. Quelle que soit la teneur de mon rapport et même si les suites de cette affaire dépendraient, en définitive, des grandes manœuvres entre avocats où fissures, charpentes et fondations les plus alarmantes finissent toujours par se chiffrer à l'amiable, je savais que le seul fait de m'exprimer, de nous exprimer, nous attirerait l'inimitié de tout un pan de notre secteur d'activité.

Si les architectes étaient dédouanés, nous perdrions la clientèle du promoteur et du constructeur incriminés et si les architectes étaient jugés responsables, nous ne serions pas payés avant des mois (voire des années) et nous perdrions quelque chose de plus précieux encore qu'un confort de trésorerie : notre confiance.

Confiance en eux, confiance en nous et, par ricochet, confiance en notre métier. Car si leur culpabilité était avérée, ce serait la preuve qu'ils nous avaient menti depuis le début.

Nous avions longtemps hésité avant d'accepter cette mission et si nous l'avons fait c'est parce que nous estimions ces gens. Ces gens et leur travail. Nous y sommes allés, avec tout ce que cela sous-entendait de prises de risques pour nous (nous avons dû investir dans des appareils extrêmement coûteux) parce que nous avons toujours cru à leur bonne foi.

La preuve que nous nous serions trompés serait aussi, en soi, pour mon associé et moi du moins, un terrible désordre.

Or il se trouve que ce matin-là, et pour la première fois depuis le début de ce travail d'expertise, je commençais à avoir des doutes. Inutile d'exprimer pourquoi maintenant, ce serait, je le redis,

beaucoup trop technique, mais j'étais anormale-
ment nerveux. Il y avait là deux ou trois détails
qui m'irritaient et une petite pensée insidieuse
commençait son travail de sape. Exactement
comme avec ces termites ou ces capricornes que
nous traquions à longueur d'expertises, une petite
pensée *xylophage*.

Pour la première fois depuis le début de nos
investigations et les centaines d'heures que j'avais
passées sur ce dossier, je sentais qu'une saloperie
commençait à me ronger de l'intérieur : les archis
nous avaient-ils vraiment dit toute la vérité ?

(Ce préambule est bien long, mais il me semble
important au regard de la suite des événements
relatés ici. Tout est dans les fondations. Mon métier
me l'a appris.)

J'en étais là de mes ruminations quand l'un des
architectes justement, s'est approché en me tendant
son téléphone.
– Votre femme.

Avant même d'entendre sa voix, j'avais compris
que c'était elle qui essayait de me joindre depuis
tout à l'heure et avant même d'entendre ses propos,
j'avais déjà imaginé le pire.

On ne dira jamais assez la vitesse sidérante à laquelle tournent, cliquettent, s'entraînent et s'alarment les rouages du cerveau. Avant même de prononcer ces deux petites syllabes, [a] [lo], une succession d'images mentales plus morbides les unes que les autres avaient eu le temps de défiler devant mes yeux et j'étais certain, en même temps que j'attrapais le téléphone, qu'il était arrivé quelque chose de grave.

Horribles millièmes de secondes. Horribles secousses sismiques. Fissure, faille, brèche, lézarde ou tout ce que vous voudrez, mais le cœur à cet instant se fragilise à jamais.

– L'école, me dit-elle dans un souffle, l'école de Valentin. Ils m'ont appelée. Il y a un problème. Il faut que tu y ailles.

– Quel problème ?

– Je ne sais pas. Ils n'ont pas voulu m'en parler par téléphone. Ils veulent que nous nous déplacions.

– Mais il est arrivé quelque chose au petit ?

– Non, il a fait quelque chose.

– De grave ?

En même temps que je lui posais cette question, je sentais mon cœur battre de nouveau. Il n'était rien arrivé au gamin, le reste était forcément anodin.

Le reste n'existait déjà plus et je recommençais à inspecter mon mur.

(Et c'est seulement cette nuit, en écrivant ces mots : « et je recommençais à inspecter mon mur » que je réalise à quel point cette expertise m'a rendu à moitié fou.)

– Sûrement, sinon ils ne nous convoqueraient pas comme ça. Pierre, il faut que tu y ailles...

– Maintenant ? Non. Je ne peux pas. Je suis sur le chantier Pasteur et je ne peux pas m'en aller maintenant. On attend des résul...

– Écoute, me coupa-t-elle, ça fait deux ans que tu nous pourris la vie avec ce chantier, je sais que c'est difficile et je ne t'ai jamais rien reproché, mais là, j'ai besoin de toi. J'ai des consultes par-dessus la tête, je ne peux pas annuler mes rendez-vous et en plus, c'est toi qui es le plus près. Tu dois y aller.

Bon. Je ne vous expose pas les données du problème car, là encore, ce serait trop technique, mais je connaissais assez bien ma femme pour savoir que lorsqu'elle emploie ce ton, il faut répondre :

– OK. J'y vais.

– Tu me tiens au courant, hein ?

Elle avait l'air vraiment inquiète.

Elle avait l'air si inquiète que je l'étais redevenu aussi par imprégnation et j'ai simplement lancé à la cantonade que mon jeune fils avait un problème et que je serais de retour au plus vite. J'ai senti un méchant vent d'incompréhension parcourir l'assistance. Mais personne n'a rien osé dire. Un enfant, même pour ces requins-là, ça restait quand même un tout petit peu plus précieux qu'un sac de ciment.

François, du haut de sa nacelle, m'a lancé un signe d'apaisement. Un signe qui disait à peu près : Ne t'inquiète pas. Je les tiens tous à l'œil. Un signe magnifique en de telles circonstances. Magnifique.

★

La directrice en personne s'était déplacée jusqu'au portail de l'école élémentaire Victor-Hugo où ont été scolarisés nos trois garçons. Elle ne m'a pas accueilli, elle ne m'a pas souri, elle ne m'a pas tendu la main. Elle n'a rien dit d'autre que : « Suivez-moi. »

Je la connaissais. Nous échangions toujours quelques mots lors des fêtes d'école, des réunions de parents d'élèves ou des sorties de classe et j'avais même travaillé gracieusement pour elle il y a quelques années au moment où la mairie agrandissait la cantine. (Le « restaurant scolaire » comme il fallait l'appeler désormais.) Tout s'était bien passé et j'avais l'impression que nous entretenions de bonnes relations.

Alors que nous longions ce nouveau bâtiment, je lui ai demandé si tout allait bien de ce côté-là et elle ne m'a pas répondu. Ou pas entendu. Son visage était inamical, sa démarche, rapide et ses poings, serrés.

De la sentir si hostile m'a ramené presque quarante ans en arrière. Je me suis soudain retrouvé dans la peau du petit garçon penaud qui marchait derrière la directrice sans piper mot en se demandant quelle serait sa punition et si ses parents seraient prévenus. Sensation très désagréable, vous pouvez me croire.

Très désagréable et très curieuse.

Très désagréable en ce qui me concernait car plus qu'une sensation, c'était une réminiscence – j'étais un élève turbulent et j'avais été ce petit garçon que l'on tient par l'oreille et qui traverse la cour de récréation comme on va à l'échafaud –, mais très curieuse dans le cas de mon fils Valentin car il était, lui, le plus doux et le plus gentil des enfants.

Qu'avait-il donc fait?

Pour la seconde fois dans la même matinée, je me trouvais face à un mystère qui me dépassait. Qu'est-ce qui n'avait pas été bien conçu dans la tête de mon fils de six ans pour que son petit monde, celui de l'école en tout cas, présente ainsi des signes avant-coureurs de *déplacement,* de *glissement* ou d'*inclinaison* ?

Rien ne m'aurait étonné de la part de ses frères, mais lui ? Lui qui a toujours vénéré ses institutrices, qui tient ses cahiers à la perfection, qui ne cesse de donner ses jouets et qui préfère, lorsqu'il est en vacances chez mes beaux-parents, courir le long de leur piscine du matin au soir pour repêcher les insectes en train de se noyer plutôt que de s'y baigner, lui, puni ?

Mon enfant-cadeau comme je l'appelle souvent car c'en est un, au pied de la lettre. Nos deux aînés étaient déjà grands, Thomas avait huit ans et Gabriel, six et c'est moi, une année où Juliette, leur maman, me demandait ce qui me ferait plaisir pour Noël qui ai répondu : un bébé. Nous avons manqué Noël de peu, mais comme il est arrivé mi-février, ce fut Valentin.

Ce fut Valentin et ce fut une merveille.

Comment mon cadeau d'enfant avait pu mettre, à six ans à peine, la directrice de son école dans un état pareil ? Voilà qui me laissait bien perplexe.

Son bureau se trouvait au premier étage du bâtiment principal. Elle me précéda à l'intérieur et me fit signe de la suivre sans m'adresser le moindre regard.

J'entrai.

– Fermez la porte derrière vous, m'ordonna-t-elle.

Si j'avais eu un testeur de tension sous la main, je pense que l'appareil m'aurait électrocuté. Ce n'était pas une réunion, c'était un champ électromagnétique.

Il y avait là un homme à la mine sombre qui répondit à mon bonjour par un infime signe de tête, une femme si ulcérée qu'elle n'avait, elle, pas assez d'air pour me rendre mon salut, un petit garçon assis dans un fauteuil roulant, leur fils probablement, qui ne leva pas les yeux dans ma direction occupé qu'il était à gratter une tache imaginaire sur le genou de son pantalon et, à l'opposé d'eux tous, seul, debout devant la fenêtre, mon Valentin.

Il était en contre-jour et regardait ses pieds.

– Valentin va vous expliquer pourquoi je vous ai convoqué en urgence ce matin avec les parents de Maxime, annonça la directrice en s'adressant à mon fils.

Pas de réponse.

– Valentin, répéta-t-elle, aie au moins le courage de dire à ton père ce que tu as fait.

Le papa de Maxime regardait mon fils d'un air sévère, la maman de Maxime secouait sa tête d'indignation en triturant ses clefs de voiture, Maxime regardait par la fenêtre et Valentin regardait toujours ses pieds.

– Valentin, lui demandai-je doucement, dis-moi ce que tu as fait.

Pas de réponse.

– Valentin, regarde-moi.

Mon fils obéit et je découvris alors un enfant que je n'avais jamais vu. Ce n'était plus un enfant d'ailleurs, c'était un mur. Son visage était un mur et ce mur était autrement plus solide que ceux qui m'occupaient l'esprit une demi-heure plus tôt. Une muraille percée de deux grands yeux clairs. Un contrefort.

Bien sûr, je n'en laissais rien paraître mais je souriais intérieurement. Il était si mignon avec sa petite tête dure de jeune soldat mené devant la cour martiale. Non, il n'était pas mignon, il était beau.

Si beau, si calme, si pâle... Un buste. Un marbre blanc.

– Valentin, répéta la directrice, ne me force pas à le dire moi-même, s'il te plaît.

La maman de Maxime laissa échapper un hoquet et ce hoquet m'agaça. Que se passait-il, à la fin ? Leur fils était vivant que je sache et ce n'était quand même pas le mien qui l'avait immobilisé dans ce fauteuil ! J'allais intervenir, j'allais manifester cet agacement quand mon petit garçon, en se décidant à passer aux aveux – et je ne le remercierai jamais assez pour cela –, me préserva du ridicule devant cette assemblée pleine de fureur et de chagrin.

– J'ai crevé la roue du fauteuil de Maxime... lâcha-t-il dans un murmure.

– Exactement ! rétorqua la directrice d'un ton satisfait. Tu as crevé la roue du fauteuil roulant de ton petit camarade de classe en te servant de la pointe de ton compas. C'est exactement ce que tu as fait. Tu es fier de toi ?

Pas de réponse.

Pas de réponse de la part d'un enfant de six ans connu jusque-là pour sa gentillesse revient à acquiescer et s'il assumait ainsi son geste, la moindre des choses était de mener une petite enquête.

Attention, je ne dis pas que j'étais prêt, déjà, à couvrir ou pardonner les fautes de ma progéniture, mais c'est mon métier de mener des enquêtes pour déterminer les responsabilités des uns et des autres au sein d'un litige et je tenais à cette expertise préliminaire avant de déterminer les causes du sinistre.

Je ne protégeais pas mon fils, j'appliquais la loi. J'appliquais la loi et j'étais d'autant plus scrupuleux avec elle que j'entretenais, ce matin-là, une relation extrêmement pointilleuse avec la vérité.

Voilà des mois que j'étais stressé, malmené, brutalisé par des gens qui jouaient au chat et à la souris avec la réalité et j'avais vraiment besoin, pour ce qui me concernait, de la plus grande clarté.

– Tu es fier de toi? lui demanda-t-elle de nouveau.

Pas de réponse.

La directrice se tourna vers les parents de Maxime en levant les bras au ciel pour leur témoigner son exaspération.

Soulagés par la confession de Valentin autant que rassurés par l'indéfectible soutien de l'Autorité, le papa de Maxime se redressa et sa maman rangea ses clefs.

La tension baissa de quelques milliers de volts et l'on sentit qu'il était temps à présent de passer aux choses sérieuses, à savoir : la sanction. Quelle serait la peine assez dure pour un geste aussi lâche? Car nous sommes bien d'accord, mesdames et messieurs les jurés, il n'y a rien de pire au monde que de s'en prendre à un pauvre enfant handicapé sans défense, n'est-ce pas ?

Oui, je sentais que l'atmosphère se détendait et je n'aimais pas la nature de cette détente. Je ne l'aimais pas parce qu'elle colmatait les fissures un peu vite. Je connaissais mon fils, je connaissais ses fondations et je savais de quel bois il était fait, il n'avait aucune raison de commettre un tel geste sans raison.

– Pourquoi as-tu fait cela ? lui demandai-je en lui adressant un sourire invisible caché dans les sourcils de mes gros yeux méchants-mais-pour-de-faux.

Pas de réponse.

J'étais décontenancé. Je savais que mon fiston avait reconnu ma grimace de vrai faux papa fâché, alors pourquoi n'ôtait-il pas ce méchant masque ? Pourquoi ne me faisait-il pas confiance ?

– Tu ne veux pas le dire ?

Il fit non de la tête.

– Pourquoi tu ne veux pas le dire ?

Pas de réponse.

– Il ne veut pas le dire parce qu'il a honte ! affirma la maman de Maxime.

– Tu as honte ? répétai-je doucement et en continuant de soutenir son regard.

Pas de réponse.

– Bon, écoutez... soupira la directrice, je ne vais pas vous retenir plus longtemps autour d'une affaire aussi lamentable. Les faits sont là et les faits sont inexcusables. Si Valentin ne veut pas parler, tant pis pour lui. Il sera puni et cela lui donnera le temps de réfléchir à sa conduite.

Soupirs d'aise dans le prétoire.

Je ne lâchai pas mon fils des yeux. Je voulais comprendre.

– Retourne dans ta classe, le somma-t-elle.

Alors qu'il se dirigeait vers la porte, je l'interpellai :

– Valentin, tu ne *veux* pas le dire ou tu ne *peux* pas le dire ?

Il se figea. Pas de réponse.

– Tu ne peux pas le dire ?

Pas de réponse.

– Tu ne peux pas le dire parce que c'est un secret ?

Et là, parce qu'il hocha la tête pour la première fois, le mouvement de bascule de sa nuque permit aux deux énormes larmes coincées dans ses cils de s'échapper enfin et de glisser le long de ses joues.

Oh... Je fondais de tendresse. J'aurais tellement voulu, à ce moment-là, m'agenouiller devant lui pour le serrer fort dans mes bras. Le serrer fort et lui chuchoter à l'oreille : « C'est bien, mon petit gars, c'est bien. Tu as un secret à tenir et tu le tiens, même sous la menace. Moi, tu sais, je suis fier de toi. Je ne sais pas pourquoi tu as fait ça mais je sais que tu as tes raisons et cela me suffit. Je sais qui tu es. J'ai confiance en toi. »

Bien sûr, je n'ai pas bougé. Non par crainte de déplaire à la directrice ou pour ménager la pudeur de mon fils, mais par respect pour les parents de Maxime. Par respect pour une souffrance qui n'avait rien à voir avec cette stupide histoire de pneu. Par respect pour ces gens qui auraient tellement voulu, eux aussi, s'agenouiller aux pieds de leur petit garçon et le serrer contre leur cœur.

Je n'ai pas bougé mais ma déformation professionnelle a pris le dessus encore une fois. Il m'est apparu à cette minute précise qu'il était temps, pour eux, pour moi, pour Valentin, pour Maxime et pour l'institution scolaire tout entière représentée ici par la directrice, de procéder à un énième rapport d'expertise.

Oui, il était de mon devoir de « définir les mesures conservatoires qui s'imposent pour mettre l'ouvrage en sécurité ou éviter une aggravation des désordres », aussi ai-je posé ma main sur l'épaule de mon fils pour l'empêcher de quitter la pièce et, l'ayant ainsi calé contre mes jambes, j'ai pivoté de manière à nous placer tous les deux face aux parents de Maxime.

Je les ai regardés et je leur ai dit :

– Écoutez-moi. Je ne prends pas la défense de mon fils. Ce qu'il a fait n'est pas très malin. D'ailleurs, il va m'aider à réparer sa bêtise parce que j'ai un kit de rustines dans le coffre de ma voiture et que je vais en profiter pour lui montrer, pour leur montrer à tous les deux, fis-je en m'adressant à Maxime, comment on répare une chambre à air. C'est toujours bon à savoir et cela pourra leur être très utile dans la vie. Donc, voilà, passons. Cette histoire de fauteuil n'a aucun intérêt. Par contre, ce qui est très important, et je sais que ce que je vais vous dire peut vous sembler choquant, mais j'y crois vraiment, c'est que Valentin, ce matin, s'est bien comporté avec votre fils. Il s'est bien comporté parce qu'il n'a établi aucune différence entre eux deux. Et vous savez pourquoi ? Mais parce qu'il n'en voit pas, j'imagine. Maxime, pour Valentin, n'est ni faible, ni vulnérable. C'est un gamin exactement comme les autres et qui doit donc subir la même dure loi de la cour de récréation que les autres. Il n'a pas fait de discrimination ni même de discrimination *positive* comme nous disons, nous adultes qui cherchons toujours à tout discriminer. Non, il l'a traité en égal. Pour des raisons que nous ignorons, et qu'il faut ignorer car les secrets d'enfants sont sacrés, Valentin a eu besoin de s'en prendre à votre fils. S'il avait pu, il l'aurait brutalisé, lui aurait fait un croche-pied, donné un coup dans l'épaule ou que sais-je encore, mais comme il ne le pouvait pas, il s'en est pris à son fauteuil. C'était de bonne guerre. C'était de bonne guerre et je dirais même : c'est sain. Nos enfants s'envisagent sur un pied d'égalité et nous avons tort – et là, je me suis tourné vers la directrice – d'accorder une si grande importance à un événement aussi banal. Si Valentin s'était empoigné avec un autre gamin dans la cour, la questionnai-je, auriez-vous convoqué ainsi les parents en simulant une espèce d'état d'urgence ? Non. Bien sûr que non. L'adulte qui les surveillait les aurait séparés et voilà tout. Et bien là, c'est pareil. C'était un simple croche-pied, ni plus ni moins.

Puis, me tournant de nouveau vers les parents de Maxime :

– ... Je vous le redis, je n'excuse pas mon fils, je ne l'excuse pas et je souhaite aussi qu'il soit puni, mais je maintiens que loin d'humilier le vôtre, il lui a, en crevant sa roue, rendu honneur.

Comme j'étais pressé de retourner travailler et comme ils m'agaçaient, tous, ces vieux qui ne comprennent jamais rien aux enfants parce qu'ils ont déjà tout oublié de leur enfance, je n'ai pas attendu que l'on commentât ma grande tirade et j'ai continué mes travaux d'étaiement.

– Dites-moi, lançai-je à la directrice, où nous pouvons trouver une bassine d'eau et toi, Valentin, pousse lentement ce fauteuil tout raplapla et suis-moi jusqu'au parking.

Tandis que les uns et les autres s'ébrouaient, encore un peu sonnés par mon diagnostic sur le terrain, j'empoignai le petit Maxime par les aisselles pour le porter jusqu'à ma leçon de choses.

Il n'était pas lourd, je le soulevai comme de rien et c'est moi, à cet instant précis, oui, c'est moi, qui fus, et de très loin, le plus sonné des quatre adultes présents dans cette pièce.

Je connus là un moment de vertige comme je n'en avais encore jamais ressenti de ma vie. J'en chancelai presque.

Non, pardon, restons vigilant, « vertige » n'est pas le mot approprié. En soulevant ce petit garçon de six ans, je n'ai pas ressenti un moment de vertige, j'ai ressenti un chagrin si grand que la force de ce chagrin m'a déséquilibré.

Pourquoi un tel glissement alors qu'il y avait une minute à peine, je me tenais droit dans mes bottes comme dans mes convictions et sermonnais tout mon petit monde dans de grands effets de toge?

Parce que.

Parce que je suis père de trois garçons. Parce que depuis presque quinze ans, il m'est arrivé de soulever un enfant pour le prendre dans mes bras des centaines de fois. Des centaines et des centaines de fois.

Parce que, et tous les adultes qui ont souvent fait ce geste me comprendront, s'il y a quelque chose de doux, de rassurant, de sécurisant, oui, c'est exactement cela, de sécurisant – et Dieu sait si je m'y connais en stratégies de sécurisation et de renforcement des murs porteurs – pour l'âme autant que pour le corps quand on prend un enfant dans ses bras, c'est bien le réflexe « koala ».

À peine les soulève-t-on qu'aussitôt les enfants, comme tous les jeunes mammifères ainsi sollicités, j'imagine, lèvent les jambes pour nous ceinturer la taille. Ils n'y pensent pas. Ils n'y pensent jamais. C'est un réflexe. À peine tendons-nous les bras vers eux, qu'immédiatement leur intelligence de vie leur permet de se caler contre nous tout en nous paraissant beaucoup moins lourds.

Merveilleuse nature.

Merveilleuse nature, mais si incohérente qui

permet à l'un ce qu'elle refuse à l'autre : ce petit Maxime et ses jambes mortes pesèrent plus lourd que moi.

Je ne m'y attendais pas.

Je cessai aussitôt d'être le grand con d'expert de service qui sait tout et échafaude à tour de bras, je ramenai les deux jambes de cet enfant autour de mon centre de gravité en les prenant par en dessous, je saluai la directrice et proposai humblement à ses parents de me suivre jusqu'au parking.

Tant qu'à rustiner autant que nous rustinions tous ensemble, ce serait plus gai.

*

Plus gai, ce le fut. Le papa de Maxime s'appelait Arnaud et sa maman, Sandrine. Ils n'étaient pas contrariés, ils étaient fatigués.

Puisque je n'avais plus envie de me priver de la chaleur des bras de leur fils – désir inconscient, je suppose, d'expier mon agacement et mon sermon de tout à l'heure autant que la présence sur cette terre de mes trois enfants bien portants –, c'est Sandrine qui trouva un récipient d'eau et Arnaud qui démonta le pneu. C'est lui aussi qui se chargea de montrer aux garçons comment localiser un trou dans une chambre à air en guettant la remontée de petites bulles et combien il était important de bien limer puis de bien nettoyer le caoutchouc avant de coller la rustine.

Pendant ce temps, je servais, moi, tout à la fois de grue, de grappin, de chariot élévateur et de nacelle articulée à un petit garçon bien curieux.

Rôle qui m'enchanta. Il y avait longtemps que je ne m'étais pas senti aussi utile sur un chantier.

Faute de temps, je ne pus accepter le café qu'Arnaud et Sandrine me proposèrent ensuite car mes relevés m'attendaient, mais nous nous quittâmes en paix et regonflés tandis que Maxime et Valentin retournaient au charbon.

Maxime entraînait lui-même les roues de son fauteuil et Valentin marchait à ses côtés.

J'étais sur le point de lui lancer : « Mais pousse-le, voyons ! » et puis je me suis ravisé.

Un peu de logique, monsieur l'expert, un peu de logique.

★

– 183 millimètres pour la G1, 79 pour la G2, 51 en Universelle et 12 dans l'axe, m'annonça François alors que je venais à peine de raccrocher et que je n'avais pas encore remis mon téléphone (et toute l'angoisse de Juliette avec) dans le fond de ma poche.

Comme je demeurais silencieux, il ajouta :

– Ça t'étonne ?

Le hayon de sa voiture de fonction était grand ouvert et, confortablement assis sur un bidon, il pianotait sur son ordinateur portable posé dans le coffre devant lui.

– Ça ne t'étonne pas ? s'étonna-t-il tandis que je regardais de nouveau les façades nord de la résidence des Ormes.

Ce magnifique programme immobilier aux cinquante-neuf appartements vides mais livrables « clefs en main » – c'était écrit en quatre mètres sur trois sur le panneau juste devant moi – en juillet de l'année précédente.

– Ça me… murmurai-je.

– Pardon ?

Il me fit signe qu'il entendait mal à cause de son casque.

– Tu en as pour combien de temps encore ?

– J'ai presque fini.

– Tu finiras plus tard. Allons déjeuner. On n'est plus tellement pressés à présent.

★

En vérité, je n'aurais jamais cherché à connaître le secret de Valentin et je ne l'aurais probablement jamais su si Léo, le grand copain de notre Thomas, n'avait eu lui aussi une petite sœur de six ans.

Cette petite sœur s'appelait Amélie et cette Amélie était bien bavarde.

Elle avait raconté à son frère la « grosse bêtise » de Valentin – grosse bêtise qui avait fait le tour de l'école, qui avait été le seul sujet de conversation de tous les élèves et de tous les adultes présents ce jour-là et qui resterait dans les annales de cette petite cour de récréation pour les siècles des siècles, cela allait sans dire. Amélie était bavarde et le soir même, alors que nous étions tous à table, voici ce que Juliette et moi avons entendu :

Gabriel : Hé, Vava ?

Valentin : Quoi ?

Gabriel : C'est vrai que t'as crevé le pneu du fauteuil roulant d'un mec de ta classe aujourd'hui ?

Valentin : Oui.

Gros rires des aînés.

Thomas : Tu t'es cru dans le jeux des Mille bornes ou quoi ?

Re-gros rires.

Gabriel : Avec quoi t'as fait ça ? Avec une punaise ?

Valentin : Non.

Thomas : Avec un clou ?

Valentin : Non.

Gabriel : Avec quoi ?

Valentin : Avec mon compas.

Vrais rires.

Thomas : Pourquoi ? Qu'est-ce qu'il t'avait fait ?

(Et je reconnus bien là, la sagesse des enfants : primo les fauteuils roulants n'avaient rien de respectable en soi, secundo dans une cour de récréation les mauvais coups ne se rendent jamais sans raison.)

Pas de réponse.

Gabriel : Tu ne veux pas le dire ?

Pas de réponse.

Thomas : Il t'avait insulté ?

Pas de réponse.

Gabriel : Il t'avait piqué ta trousse, ce gogol ?

Valentin (choqué) : C'est pas du tout un gogol. En plus, il a tous les *Ariol* et tous les *Kid Paddle*.

Gabriel : Ah ouais ? Et ben dis-nous ce qu'il t'a fait, alors…

Pas de réponse et notre petit Valentin de nouveau au bord des larmes.

Les grands adoraient leur petit frère. Pour eux aussi, c'était un cadeau et de le voir ainsi, tout triste et dans le débord, les bouleversa.

Gabriel : Vava, dis-nous tout de suite ce qu'il t'a fait sinon on va lui demander nous-mêmes demain.

Valentin (qu'une telle menace finit par fissurer de la tête aux pieds) : Je... je ne peux pas vous... vous le dire, sanglota-t-il parce que ma... man va me gronder.

Juliette (amusée et émue) (mais surtout émue) : Non, vas-y. Tu peux le dire. Je te promets que je ne te gronderai pas.

Gabriel (triomphant) : Ah ça y est ! Je sais ! C'est un truc qui a à voir avec les cartes Pokémon !

Valentin (dévasté) : Ou... ouiiiii...

Cette histoire de cartes Pokémon était devenue un sujet très sensible à la maison car Valentin (inoculé, formé, catéchisé, converti, endoctriné et cornaqué par ses frères) en était fou et il s'était déjà fait punir plusieurs fois à cause d'elles. Sa mère lui avait donc formellement interdit de les emporter à l'école où, d'ailleurs, elles étaient formellement interdites aussi. (Et je comprenais soudain pourquoi il était resté stoïque devant la directrice, préférant ainsi être puni par lâcheté plutôt que pour désobéissance.)

Face à un si gros chagrin et une telle rectitude morale, je m'autorisai enfin ce que je m'étais interdit beaucoup plus tôt dans la journée : je me levai de table et j'allai vers mon fils pour lui faire un énorme câlin.

Il était dans mes bras, avec son odeur de craie, d'innocence, de fatigue, de shampoing à la camomille et de désespoir d'enfant. Il était dans mes bras avec sa truffe humide et ses grosses papattes de koala refermées serrées autour de moi et, du haut de son papa, il hoqueta en direction de ses frères :

– Il… il m'a… il m'a men… menti… Il m'a é… échangé u… une carte ul… ultra rare contre u… une nulle en… en me faisant croire que… que c'était u… une Lé… une Légendaire…

– Il t'a échangé laquelle ? demanda Gabriel imperturbable.

– Ma Scarhino EX à 220 pévés.

– Mais t'es fou ! s'exclama Thomas, celle-ci il ne faut jamais l'échanger, voyons !

– Il t'a donné laquelle en échange ? continua Gabriel.

– Grodoudou.

Silence.

Les deux grands étaient K.-O. debout. Après quelques secondes de pure sidération, Thomas répéta, incrédule :

– Grodoudou ? Le petit Grodoudou tout pourri à 90 pévés ?!?

– Ou.. ouiii, sanglota Valentin de plus belle.

– Mais... Mais... suffoquait Gabriel d'indignation, il suffit de le voir, Grodoudou, pour
comprendre qu'il est nul. Il est tout rose et tout
nunuche. On dirait une peluche de fille.

– Oui, mais... mais il m'a dit que... que c'était
un Po... Po... Pokémon Légendaire.

Thomas et Gabriel étaient sous le choc.
Échanger un Scarhino EX contre un Grodoudou,
c'était déjà honteux, mais réussir un tel forfait
en assurant que Grodoudou était un Pokémon
Légendaire alors là, c'était vraiment le pire du fond
de la lie de la crasse de toutes les infamies jamais
tolérées dans une cour de récréation. Je regardais
leurs mines défaites de dindons cocus et je riais de
bon cœur. Deux petits mafiosi roulés dans la farine
par un Joe Pesci de six ans et demi.

Après une minute d'un silence sépulcral pendant laquelle on n'entendit rien d'autre que des
bruits des couverts, Thomas lâcha, tel le glas du
tocsin :

– Tu as été trop gentil, Valentin. Tu as été beaucoup trop gentil. C'était ses deux pneus qu'il fallait
lui crever, à ce gros menteur...

★

Après l'avoir bordé dans son lit, tout à l'heure, je lui ai demandé :

– Mais, dis-moi, ça veut dire quoi, pévé ?

– Point de vie.

– Ah... d'accord...

– Plus ton Pokémon a de PV, ajouta-t-il en sortant une carte de sous son matelas et en me montrant le nombre indiqué en haut à droite, et plus il est fort, tu comprends ?

Je savais que ce n'était pas du tout le moment, mais je n'ai pas pu résister et j'ai ajouté :

– Tu l'as toujours, ta carte de Grodoudou ?

Son visage s'assombrit aussitôt.

– Oui, gémit-il, mais elle est nulle...

– Tu ne voudrais pas me l'échanger ? lui demandai-je en éteignant sa lampe de chevet.

– Oh, non... je ne te l'échange pas, je te la donne. Elle est trop nulle. Mais pourquoi tu la veux ?

– Parce que je voudrais la garder en souvenir.

– En souvenir de quoi ? me demanda-t-il en bâillant.

★

Valentin s'est endormi avant de connaître ma réponse et c'est heureux parce que je ne la connaissais pas moi-même.

Qu'aurais-je pu lui répondre?

En souvenir de toi. En souvenir de moi. En souvenir de tes frères et de votre maman. En souvenir de cette journée.

Quand je connais les réponses, je rédige des rapports.

Je passe ma vie à rédiger des rapports, c'est mon gagne-pain.

Là, il est presque trois heures du matin, toute la maison dort, je suis encore assis devant la table de notre cuisine et je viens de terminer mon premier rapport d'expertise sans conclusion.

Je voulais simplement consigner ce que j'avais vécu aujourd'hui.

Ma famille, mon métier, mes soucis, ce qui m'étonne encore et ce qui ne m'étonne plus, ma naïveté, mes privilèges, ma chance...

Mes fondations.
Mes points de vie.

Le fantassin

Où êtes-vous, Louis ?
Où êtes-vous et qu'ont-ils fait de vous ?
Vous ont-ils brûlé ? Vous ont-ils enterré ? Peut-on
encore venir vous voir ?
Et si oui, où ? Où ça ?
À Paris ? En province ?

Où êtes-vous et comment dois-je vous imaginer à
présent ?
Sous une dalle ? Au fond d'un caveau ? Dans une
urne ?
Habillé, allongé, maquillé et bientôt décomposé
ou en cendres ?
Ou semé, dispersé, épandu
perdu

Louis.
Vous étiez si beau...

Qu'ont-ils fait de vous ?

Qu'ont-ils fait de vous et qui sont-ils, d'ailleurs ?
Qui sont ces gens dont vous ne parliez jamais ?
Aviez-vous une famille ?
Oui. Bien sûr. J'emprunte chaque jour un boulevard
qui porte votre nom. J'ai oublié quel était votre lien de
parenté avec ce victorieux maréchal d'empire, mais
vous aviez une famille évidemment.
Laquelle ?
Qui sont-ils ? Que valent-ils ?
Les aimiez-vous ? Vous aimaient-ils ? Ont-ils respecté
vos dernières volontés ?

Quelles étaient vos dernières volontés, Louis ?

bordel, Louis,
bordel
tu fais chier

Séoul, dix heures du soir, je suis cantonné dans une chambre d'hôtel au quarante et unième étage d'une tour tout juste sortie de terre. Je crois que j'en suis le premier occupant. Ceux qui ont posé la moquette ont oublié leur cutter et les parois de la douche sont toujours recouvertes d'un film protecteur.

J'arrive de Toronto où j'ai enchaîné rendez-vous sur rendez-vous pendant trois jours après deux visites éclair sur des sites de production, l'un à Varsovie et l'autre dans la banlieue de Vilnius. J'ai accumulé tant d'heures de décalage dans un sens puis dans l'autre que mon horloge biologique n'a plus aucune prise sur quelque réalité que ce soit. Je tiens seulement, je tiens.

En cherchant une note de travail pour un commissionnaire de la Tao Tanglin avec lequel je dois petit-déjeuner demain, je viens de retomber par hasard sur ce fichier, *Sans titre 1,* dans les entrailles de mon ordinateur. Je ne me souvenais plus avoir écrit ces mots et j'ai même du mal à croire que j'en suis l'auteur.

Je venais d'ouvrir votre cadeau. J'étais malheureux. J'avais bu.

Comme un trou.

Louis.

Me revoilà.

Plusieurs mois ont passé et me revoilà aujourd'hui plus calme et moins grossier, mais je me pose toujours les mêmes questions, vous savez...

Je me pose les mêmes questions et j'en arrive toujours à la même conclusion : vous me manquez, l'ami.

Vous me manquez terriblement.

Comment aurais-je pu imaginer que vous me manqueriez autant ? Ce n'est pas une expression, je ne dis pas « Vous me manquez » comme je viendrais me plaindre à vous d'un manque de sommeil, de soleil, de courage ou de temps, je vous le dis comme s'il me manquait une part de moi-même. La meilleure peut-être. La seule paisible et la plus bienveillante. La mieux veillante.

Vous me veillez aujourd'hui comme vous aviez veillé sur moi il y a deux ans.

Deux ans, Louis, deux ans.

Comment est-ce possible ?

D'avoir mis tant de vie dans si peu de jours...

Membre fantôme, hallucinose, PATHOL. *n.f. : Perception illusoire et parfois douloureuse d'un membre amputé. Douleur que ravivent le stress, l'anxiété et les changements météorologiques.*

Voilà ce que je ressasse quand je pense à vous. C'est ridicule, n'est-ce pas ?

C'est ridicule. En plus d'être ma boussole, vous seriez devenu mon baromètre.

À la moindre contrariété, à la moindre oscillation, je me tâte et cherche sur moi la preuve de votre absence.

Je ne cesse de vous chercher, Louis. Votre mort est comme un coin que l'on aurait enfoncé dans mon crâne et au moindre doute, bam, une masse tombe.

Bam.

Je finirai ouvert en deux.

J'écris n'importe quoi.

J'écris n'importe quoi de peur de dire n'importe quoi.

Deux ans.

À peine.

Comme c'est court.

Comme c'est court et comme je regrette ces années perdues.

Nous aurions pu nous rencontrer bien plus tôt, mais nous étions si pudiques, vous et moi.

Si pudiques, si distants, si occupés.

Si préoccupés.

Si cons en somme.

J'ai mille problèmes plus urgents à régler, mais j'ai envie d'être avec vous.

J'ai envie de vous parler, de vous revoir, de vous entendre.

De me recaler.

Le moment est bien choisi. Je suis, vous disais-je, aussi peu vivant que possible.

Louis...

Ne bougez pas.

Je vais me servir un verre et je reviens.

★

Vous étiez avocat, je dirigeais une entreprise – je la dirige toujours –, nous étions voisins de palier et nous nous croisions parfois devant les portes de l'ascenseur ou dans le hall de cet immeuble cossu du XVIe arrondissement dont nous nous partagions le dernier étage.

Nous nous croisions, mais nous n'échangions guère qu'un vague signe de tête distrait et fatigué, baudets que nous étions, mulets que nous étions, bêtes de somme que nous nous étions appliqués à devenir, chacun ployant sous le poids de son importance et des énormes dossiers qu'il avait le tort de rapporter dans le cercle de son intimité.

(J'avais commencé par écrire « à la maison », « qu'il avait le tort de rapporter à la maison » et puis je me suis ravisé. Avais-je une maison ? Aviez-vous une maison ? Je l'ai remplacé par « le cercle de son intimité », seulement c'est plus grotesque encore. Le cercle de notre intimité. Quelle foutaise. Pourquoi pas celui du Racing ou de l'Interallié pendant que j'y suis ?)

Vous et moi n'avons jamais eu plus d'intimité que de carte de membre à un quelconque cercle privé, si sélectif fût-il. Non pas que les occasions nous aient manqué, mais nous n'avions pas le temps, mon Dieu. Nous n'avions pas le temps. Ni pour la chasse, ni pour le golf, ni pour le pouvoir et encore moins pour l'intimité.

Intimité…

Le titre d'un magazine pour shampouineuses, non?

Quant à celui de « foyer », en ce qui me concerne, il était d'abord fiscal et servait à calculer le montant de mon imposition sur le revenu alors que pour vous…

Pour vous qui viviez seul, je ne sais pas.

Il évoquait le cœur des théâtres et des opéras, j'imagine. Les travées, les coursives, les entractes…

Vous sortiez beaucoup et… Non. Je n'imagine rien. Je ne sais pas.

Vous étiez si secret…

Il m'est arrivé souvent, quand je m'absentais et que je devais attraper les premiers vols du matin, de vous croiser bien avant l'aube. Je vous apercevais alors furtivement tandis que mon chauffeur s'empressait d'ouvrir pour moi la portière d'une voiture surchauffée et cette vision de vous, si beau, si pâle, les mains dans les poches, les cols relevés, le visage flouté par la nuit et le nez à moitié enfoui dans vos foulards me tenait longtemps compagnie.

Mes trajets d'aéroport, mes heures d'attente, mes plans de batailles, mes troupes à rassembler, mes investisseurs à rassurer, mes partenaires à convaincre, mes découragements, les leurs, mes doutes, les leurs, ma réputation, ma dureté, ma fatigue, mes migraines, mes maux de ventre, mes chambres d'hôtel toujours vides, ma famille toujours sur messagerie, mes décalages incessants, ma pharmacie de combat, mes insomnies... toute cette vie de fantassin du capitalisme, toute cette vie de bras de fer, de lutte, de passion, que j'ai choisie, pour laquelle je me suis battu, que je respecte même, oui, que je respecte, mais qui m'épuise, et de plus en plus depuis votre disparition, ne tenait, ces fois-là, que dans le souvenir de votre élégante silhouette.

De votre silhouette. De vous. De votre liberté. De ce que je prenais pour de la liberté.

Une femme cultivée à laquelle je venais justement (et je vous dirai plus tard dans quelles circonstances) de raconter ces chassés-croisés matinaux en lui précisant l'étrange réconfort qu'ils me procuraient m'a rétorqué, moqueuse :

– On dirait Paul Morand interpellant Proust...

Je n'ai pas relevé. Je préférais encore passer pour un pédant que pour un crétin.

Elle ne s'est pas laissé berner. Elle m'a regardé

droit dans les yeux pendant un long moment, le temps de me faire comprendre que j'étais, hé oui, hé si, hélas, et la preuve en étaient ces longues secondes mêmes, un pédant de la pire espèce : un crétin de pédant puis, ceci étant entendu, elle a approché son visage du mien et a ajouté de sa belle voix grave :

– *Proust… À quel raout allez-vous donc la nuit pour en revenir avec des yeux si las et si lucides ? Et quelle frayeur à nous interdite avez-vous connue pour en revenir si indulgent et si bon ?*

Silence.
Elle : C'était un peu cela, non ?
Moi : …
Elle : Vous ne dites rien.

Je ne disais rien parce que…
Bam.

Votre bonté, Louis.
Votre bonté.

La nuit est tombée. La pollution et les lumières de la ville n'y prêtent aucune attention, mais moi qui suis si près de vous, dans ma chambre fantôme à presque deux cents mètres du sol, vous n'imaginez pas combien je suis heureux à l'idée de passer cette soirée en votre compagnie.

Comme autrefois.

★

Il est presque minuit. Je viens de me relire. 1394 mots. Deux heures à tâcheronner et tout un minibar pour sortir 1394 mots.

Quel exploit.

Et 1394 mots qui ne veulent rien dire en plus. Qui ne comprennent rien, qui n'expriment rien, qui répètent seulement : Ta gueule, Cailley-Ponthieu, ta gueule, va te coucher. Tu tournes autour du pot, tu délayes, tu fais le beau. Tu ne sais pas écrire. Tu ne sais pas t'exprimer. Tu es incapable d'exprimer le moindre sentiment, incapable. Tu n'as jamais su. Ça ne t'intéresse pas.

Que c'est laborieux tout ça. Que c'est laborieux et que c'est prétentieux.

« Un coin que l'on aurait enfoncé dans mon crâne » et pourquoi pas un peu de Proust pendant qu'on y est ? Allons, allons. Rajuste-toi, je te prie.

Gobe tes somnifères, assomme la bête et tombe.

Un coin que l'on aurait enfoncé dans ton crâne...

Mais mon bonhomme, y a rien qui rentre dans ton crâne. Rien. Et dans ton gras, encore moins. Et tu vois, même là. Même, là, tu dis « gras » pour ne pas dire « cœur » tellement ce mot t'indispose. Cœur, Cailley, cœur. Tu sais bien, ce… ce viscère qui s'active à l'intérieur. Cette pompe. Ce moteur.

Éteins cet ordinateur et va te coucher. Va prendre des forces.

Va prendre des forces pour pouvoir continuer à tirer tes wagons demain matin.

Silence, là-haut, silence. J'ai bu, je bois, tout va s'arranger. Il le faut. Il faut que ça sorte. C'est comme une saignée. Il faut que j'en finisse avec vous. Il faut que je vous enterre, moi aussi. Que je vous enterre ou que je vous disperse, peu importe, comme vous voudrez, comme vous l'aurez voulu, mais il faut vraiment que j'en finisse avec ce deuil dont votre discrétion m'a privé.

Je dois vous faire revivre une dernière fois, pour pouvoir vous dire enfin au revoir.

Vous dire au revoir, vous laisser reposer en paix et être de nouveau capable d'ouvrir votre cadeau sans pleurer comme un veau.

★

Je disais plus haut que nous étions réservés l'un et l'autre et que nous ne nous adressions qu'un hochement de tête courtois quand nous nous croisions dans les parties communes de notre immeuble mais ce n'est pas tout à fait vrai. Nos souliers, Louis, nos souliers étaient plus souples que nous et ce sont eux, souvenez-vous, qui ont fait le premier pas.

Vous et moi partagions cette faiblesse coupable : les chaussures, et ce n'était pas seulement un salut que nous nous adressions, c'était aussi un coup d'œil en tapinois. Nous ne nous toisions pas, nous profitions de nos esquives pour vérifier qu'une chose, au moins, dans ce monde insensé tenait encore la route : qu'il pleuve, qu'il vente ou qu'il neige, le voisin d'en face portait toujours des chaussures coupées et assemblées dans une bonne maison et impeccablement cirées.

Quel réconfort, n'est-ce pas ? Oui. Quel réconfort... Réconfort impossible à concevoir pour qui ne connaît pas le plaisir du talon qui glisse sur la corne d'un chausse-pied de bon matin, du laçage parfait qui vous tient l'âme aussi bien que la jambe, d'un bout fleuri qui met un peu de fantaisie au bas de costumes qui ne s'en autorisent aucune, d'un cousu norvégien qui vous donne l'illusion d'être inusable en plus d'être élégant, d'une patine qui en dit plus sur vous et votre vie passée que vous ne sauriez jamais l'exprimer vous-même ou encore du bois des embauchoirs que vous ne pouvez vous empêcher de caresser avant de les enfourner dans un soulier fourbu et qui aplanissent aussitôt les cassures d'une empeigne et d'une journée également malmenées.

Vous et moi savions cela et nous savions gré mutuellement de le savoir. Pour fugaces qu'ils fussent, nos coups d'œil n'en étaient pas moins reconnaissants. Le coup d'œil entendu du connaisseur, du *connoisseur only*, qui reconnaît son pair à ses souliers doublé de celui de l'homme réservé qui exprime maladroitement sa gratitude. L'infime sourire caché dans l'infime hochement de tête et qui dit à peu près : Merci, cher coreligionnaire, merci. Je vous bénis.

Le tout-venant en baskets trouverait sûrement que j'en fais trop, mais vous et quelques autres m'écoutez sans ciller. Une belle chaussure, Louis, de belles pompes, un beau derby, un joli mocassin, une belle boucle, une paire de bucks immaculée, une bico cuir et box, un embauchoir en bois d'aulne, un veau-velours moiré, un cordovan qui couine en pliant, un glaçage beau comme une laque du Japon, une crème à la cire de carnauba... Ah. Mon Dieu. Que c'est beau.

Panoplie de taulier oblige, vous ne m'avez jamais croisé que chaussé de richelieus noires à bout uni ou droit ou, à la rigueur, à la rigueur des rigueurs, un vendredi, un vendredi sans encombre annoncée, à bout droit fleuri (quelle folie), mais vous, et surtout quand je vous ai mieux connu, que d'émotions vous m'avez procurées. Que d'émotions. Que de discussions. Que de débats animés. À propos d'un modèle plutôt qu'un autre, d'une faute de goût plutôt qu'une autre, d'un bottier hongrois plutôt que viennois et viennois plutôt que new-yorkais, d'un devis, d'une folie, d'un renoncement, d'un cordonnier établi au diable, de la douceur d'un vieux chiffon doux ou de la hauteur des poils d'une brosse à lustrer. Mais combien d'heures ça nous a tenus, toutes ces questions existentielles ? Combien ? Il me semble que nous n'avons jamais parlé que de cela, de godasses, de nos merveilles de godasses – à cirer, à fantasmer ou à donner à ressemeler – et que, ce faisant, nous nous sommes beaucoup dévoilés l'un à l'autre.

Dans une vie, il y a les copains de classe, les compères de fac, les poteaux de régiment, les relations de travail, les bons camarades, les vieux amis, les Montaigne et les La Boétie et puis il y a des rencontres comme la nôtre. Et qui sont d'autant plus inespérées qu'elles ne reposent sur rien, sur aucun passé commun et qui, justement à cause de ce rien de commun en commun, donnent libre cours, sous couvert de tout autre chose (ici, les chaussures d'homme), aux plus grands abandons.

Rien ne se dit, tout s'entend.

Ou l'invisible butin des amitiés de contrebande.

Mais je vais trop vite, je vais trop vite...

Là, nous ne sommes que dans le hall d'entrée ou la cage d'escalier et nous matons nos bouts en douce alors que notre première vraie rencontre a eu lieu sur notre palier et que je me tenais ce soir-là, que je tanguais plutôt, en manches de chemise et pieds nus devant vous.

★

C'était il y a un peu plus de deux ans, vers la fin décembre, quand les jours sont si courts et que le manque de lumière, en plus de l'angoisse des bilans comptables, des commissaires aux comptes et des fêtes de famille, nous rend tous si vulnérables.

J'ai toujours travaillé comme un chien, mais plus encore à cette époque. C'était en pleine crise du brut et j'avais l'impression d'être ce personnage de cartoon à la Tex Avery qui s'épuise à boucher des fuites en cascade en courant comme un pauvre diable d'une catastrophe à l'autre sans jamais rien colmater nulle part.

Des déplacements en tous sens, des réunions interminables et d'âpres parties de bonneteau avec des banquiers sans talent me tenaient lieu de rustines, de chalumeau et de bouchons de liège. Je n'entre pas dans les détails car vous les connaissez, Louis. Je vous ai raconté tout cela. Je vous l'ai raconté bien plus tard quand le gros de la tempête était passé et que vous m'avez obligé sans jamais m'obliger à rien à la revivre de vive voix pour *comprendre*.

Comprendre ce qui m'était arrivé, comprendre ce que j'avais perdu et surtout, toujours selon vous, comprendre ce que j'avais gagné.

(Pour tout vous avouer, je ne vous ai jamais très bien suivi sur ce point. Il me semble que notre amitié mise à part, je n'ai pas gagné grand-chose dans cette pénible histoire, mais bon, peu importe. Dans ces cas-là, vous me rétorquiez toujours :

« Soyez patient. Soyez patient. » Eh bien écoutez, cela tombe bien, aujourd'hui vous êtes mort, je n'ai plus de vie de famille et je travaille beaucoup plus qu'avant donc vraiment, de la patience, j'en ai.)

Je devais m'envoler pour Hambourg, je m'étais levé très tôt et Ariane est entrée dans la salle de bains pendant que j'étais en train de me raser.

Elle s'est assise dans mon dos, sur le bord de la baignoire.

Parce qu'elle portait une chemise de nuit claire, parce que les manches du gilet qu'elle m'avait emprunté étaient trop longues et la privaient de mains, parce que ses pans n'étaient pas boutonnés mais croisés sur son cœur et parce qu'elle se serrait dans ses bras en se balançant doucement d'avant en arrière la tête baissée et les cheveux défaits, j'ai eu cette vision affreuse d'être confronté au reflet d'une folle. D'une aliénée mentale en camisole de force. Mais non, si elle se tenait ainsi, c'était pour se corseter, pour être sûre de rester bien droite quand elle relèverait enfin la tête, et ce léger balancement n'avait rien de névrotique, c'était même tout le contraire au contraire : une prise d'élan.

(Je repense très souvent à cette méprise, Louis, il me semble que… que le dégât de ma vie est tout entier dans ce miroir embué : j'abîme les gens que j'aime en les réduisant toujours à plus défaillants que moi. Ariane n'avait rien d'une folle ce matin-là, elle rassemblait simplement ses forces en silence pour se donner du courage. Je ne comprends jamais rien. C'était elle, la toute-puissante, c'était elle.)

Je lui ai demandé si je l'avais réveillée, elle m'a répondu qu'elle n'avait pas fermé l'œil de la nuit et comme je ne réagissais pas (l'avais-je seulement écoutée ?) elle a ajouté tout bas qu'elle s'en allait, qu'elle allait partir avec les filles, qu'elle allait emménager dans un appartement deux rues plus loin, que je pourrais continuer à les voir quand je voudrais, « Enfin… quand tu pourras » a-t-elle rectifié dans un rictus amer, mais que voilà, c'était la fin du voyage. Qu'elle n'en pouvait plus, que je n'étais jamais là, qu'elle avait rencontré quelqu'un, un homme attentionné, qui prenait soin de ses enfants et en avait la garde une semaine sur deux, qu'elle n'était pas sûre d'être très amoureuse, mais qu'elle avait envie d'essayer cette vie-là pour voir. Pour voir si ce serait plus doux, plus léger, plus simple. Qu'elle avait pris cette décision pour les filles autant que pour elle. Que la vie ici était devenue trop difficile. Que j'étais toujours absent. Même quand j'étais là. Surtout quand j'étais là. Que mon stress les avait toutes contaminées et qu'elle avait envie d'une autre enfance pour Laure et Lucie. Que le mari de la gardienne viendrait chercher ses cartons dans la soirée, qu'elle ne prendrait rien d'autre que ses vêtements, ceux des filles, quelques livres, quelques jouets et la clef de la maison de Calvi que je lui avais offerte pour ses quarante ans, qu'il n'était pas question de divorce pour le moment, qu'elle partait avec Mako, la nounou-femme de ménage, mais que cette dernière commencerait ses journées en venant ici et que je serais donc comme à l'hôtel puisque j'aimais tant ça, avec un lit et des sanitaires refaits à blanc chaque matin. Qu'elle continuerait à utiliser notre compte commun, mais pour les enfants uniquement, qu'elle avait de l'argent et qu'elle n'avait pas envie d'être entretenue par moi, qu'elle serait toujours arrangeante vis-à-vis des filles, que je les prendrais quand je voudrais et aussi longtemps que je voudrais mais que pour ces vacances-ci – lesquelles, et je l'ignorais sûrement, commençaient dès ce soir –, c'était déjà tout vu : elle les emmenait passer quinze jours au soleil avec elle.

J'ai attrapé une serviette, je me suis tamponné le visage et quand je me suis enfin retourné, elle a dit :

– Tu sais pourquoi je te quitte, Paul ? Je te quitte parce que tu ne t'es même pas coupé. Je te quitte parce que tu es le genre d'homme à qui on peut annoncer tout ça et qui s'en sort sans la moindre égratignure.

– …

– Tu es un monstre, Paul Cailley-Ponthieu. Un gentil monstre, mais un monstre quand même.

Je n'ai rien répondu. C'était une vieille lame et j'étais déjà en retard.

Je me suis arrangé pour rester pendu au téléphone jusqu'à la porte d'embarquement, mais quand j'ai réalisé que l'avion aurait au moins cinquante minutes de retard (manque de visibilité), j'ai tout coupé et me suis affaissé sous moi.

C'est un inconnu qui m'a sorti de ma torpeur.

– Monsieur ? Ça va ?

Je lui ai présenté mes excuses, je me suis rassemblé et je suis parti pour Hambourg.

Mon chauffeur m'a de nouveau déposé en bas de la maison vers 20 heures le soir même.

L'entrée de l'appartement était tapissée de cartons : *Chaussures moi, Vêtements été filles, Peluches Lucie, Dessous Ariane*. Bon.

J'ai ôté mon écharpe, mon manteau, ma veste, ma cravate, ma montre, mes boutons de manchette, mes souliers et mes chaussettes, j'ai inspecté le courrier, me suis servi un verre et j'étais en train de me faire couler un bain quand l'interphone a retenti. C'était Julio. Le nettoyeur.

Bien entendu, je l'ai aidé. Non pas que j'y tinsse plus que cela, mais je ne pouvais décemment pas regarder ce brave garçon se charger de tout mon linge sale en famille sans lui donner un coup de main. D'ailleurs ma femme vous le confirmerait : je suis un monstre, mais gentil quand même. Gentil.

Parce que Julio et moi monopolisions l'ascenseur, vous vous étiez finalement décidé à emprunter les escaliers et à gravir nos six étages à votre rythme.

Vous êtes arrivé essoufflé. Vous n'aviez plus vingt ans et vous étiez lourdement chargé : deux épais dossiers maintenus sous le bras gauche et un panier en osier rempli de victuailles à la main droite. Un panier d'où dépassaient des branches de céleri et des feuilles de poireau. Je m'en souviens parce que je ne m'y attendais pas du tout. Je ne vous aurais jamais imaginé dans un rôle domestique. Je ne sais pas pourquoi. Je n'imaginais simplement pas qu'un homme en derbys à boucle pût cuisiner. C'est idiot mais j'ai tiqué sur les poireaux, je l'avoue.

(Pour ma défense, j'étais très basique à l'époque. Très sommaire.)

Donc voilà, nous nous sommes fait face dans mon marasme. J'étais pieds nus, vous chaussé par Aubercy et nous nous sommes salués aussi distraitement que d'habitude. Vous n'avez pas jeté un seul coup d'œil en direction de l'ascenseur ou de mon appartement, vous vous êtes juste faufilé entre deux cartons et vous avez refermé la porte de votre appartement derrière vous.

L'efficace Julio a vite fait place nette et, le pire de tout, c'est que je n'ai pas pu m'empêcher de lui donner un pourboire. Je n'ai même pas réfléchi. C'est instinctif chez moi. Je remercie toujours et je remercie toujours avec de l'argent. J'entends d'ici les « Tttt... Tttt... » de protestation des béni-oui-oui du sentiment. Toute ma vie, je les ai entendus, toute ma vie. Seulement voyez avec Julio, mais il me semble qu'un billet de cinquante glissé dans un petit merci lui aura fait autant plaisir qu'un grand merci glissé dans rien du tout. Et sa moralité n'a rien à voir là-dedans.

Ni la mienne d'ailleurs.

Toute ma vie, on a voulu me faire culpabiliser de gagner de l'argent. D'en gagner et de m'en servir pour prendre des raccourcis avec les choses comme avec les gens. De tout vouloir acheter, et surtout les marques d'affection. Je n'ai jamais su me défendre. Vraiment, je ne sais pas quoi dire. Je sais fabriquer de l'argent comme d'autres savent en dépenser et j'en donne facilement parce que je sais combien c'est commode, c'est aussi simple que cela. À cause du prix de nos souliers, nous avons souvent effleuré ce sujet (nous n'abordions rien, mais nous effleurions presque tout) et vous souteniez toujours que ces gens bien-pensants étaient finalement beaucoup plus obsédés par le pognon que je ne l'étais moi-même. « Vous êtes au-dessus de tout soupçon, mon cher Paul. Pour vous, insistiez-vous, l'argent n'a aucune valeur puisque vous êtes né avec. Ces gens sont obtus. Laissez ça. Laissez la valetaille. Laissez » et quand cela ne suffisait pas à me consoler d'être si mal compris, vous finissiez toujours par chasser les nuées en citant Alphonse Allais :

« Ne nous prenons pas au sérieux, il n'y aura aucun survivant. »

(Pardonnez-moi, mon cher Louis, mais je profite de cette dernière soirée avec vous pour m'épancher un peu plus que d'ordinaire.) (L'altitude probablement.)

Julio a fait place nette, disais-je, et j'ai refermé ma porte comme vous aviez refermé la vôtre quelques minutes plus tôt.

Là, j'ai du mal à raconter. Il faudrait, pour dire les choses avec justesse, employer des mots que je ne sais pas manipuler. On ne me les a pas appris. Ou je n'ai jamais voulu les apprendre. Trop lâches. Trop corruptibles. Trop peu fiables. Trop manipulables, justement. Et c'est parce que j'étais ce… cet interné, cet incarcéré de l'intérieur, ce connard fini que j'en étais là à cet instant précis de ma vie.

J'avais cinquante-quatre ans, je dirigeais une société fondée par mon arrière-grand-père, j'étais fils unique, mon père s'était tué en pilotant son avion quand j'avais dix ans, ma mère, la régente, avait enfin abdiqué et se vautrait dans la maladie d'Alzheimer avec délice, ma première femme était partie avec notre fils aîné aux États-Unis, la seconde avec nos deux filles chez un homme « attentionné » (et la distance me semblait plus terrifiante encore) et l'eau de mon bain refroidissait. Voilà. C'est tout.

C'était tout ce que j'avais à dire.

Je ne sais pas depuis combien de temps je me tenais prostré devant... je ne m'en souviens pas, j'étais dans le noir quand on a toqué à la porte.

Je me suis bricolé à la va-vite un masque en forme de visage à peu près présentable, mais j'avais dû, dans ma précipitation, l'enfiler à l'envers car je vous ai vu, vous, vous décomposer l'espace d'une demi-seconde avant de reprendre vos esprits c'est-à-dire votre mine impassible et m'annoncer :

– Potage maison. Mission Haut-Brion 2009. Humphrey Bogart et Audrey Hepburn.

Et comme je restais sans voix.

– Nous passerons à table dans dix minutes. Je laisse la porte entrebâillée. À tout de suite.

Et vous avez tourné les talons.

Oh, merci, Louis. Merci.

Merci car votre ton était si calme et si péremptoire que je me suis aussitôt retrouvé dans la peau d'un petit garçon sommé d'aller se laver les mains.

Et comme tout devenait simple d'un coup.

À table...

On m'appelait à table.

Je me suis donc dirigé vers la salle de bains, j'ai commencé par m'asperger le visage d'eau froide et je... Comme je renâcle à dire ces choses. Comme cela me coûte. Et je... Et il a fondu. Le masque a fondu. Quelque chose a fondu entre mes mains. Quelqu'un a... Bon. Passons. Que d'eau, que d'eau, comme dirait l'autre.

J'ai enlevé ma chemise, je me suis frictionné les bras, le torse, le cou, les épaules, le nombril, j'ai fini par me redresser et... et je l'ai reconnu. J'ai reconnu le petit héritier Cailley qui n'avait pas le droit de pleurer en société. Ça suffit, Paul, ça suffit. Souviens-toi que tu as eu beaucoup de chance dans la vie.

Je l'ai reconnu dessous sa croûte, sous sa couenne, complètement à vif, dans le miroir même qui avait vu sa femme commencer à l'écorcher quelques heures plus tôt.

Oui. Merci, Louis. Merci de m'avoir permis cela : de me dépouiller enfin.

★

Votre appartement était plongé dans la pénombre. J'ai longé un couloir en me fiant à la lumière des bougies que vous aviez disposées sur une table basse dans ce capharnaüm de rayonnages, de livres, de dossiers, de papiers épars et de piles de vieux journaux qui devait être votre salon.

Devant un profond canapé, un couvert pour deux était dressé. Une jolie nappe, deux assiettes creuses posées sur deux assiettes plates, deux cuillères à soupe en argent, deux verres à vin, une bouteille mise à chambrer, un morceau de fromage posé sur une petite planche en bois et une corbeille de pain.

J'ai entendu votre voix au loin qui m'intimait de m'asseoir et vous êtes apparu vêtu d'un tablier en tenant devant vous une soupière fumante.

À l'aide d'une grosse louche ancienne, vous m'avez copieusement servi puis vous avez moulu un peu de poivre au-dessus de mon assiette et m'avez versé à boire.

Ensuite vous avez dénoué votre tablier, vous vous êtes calé dans le canapé à côté de moi, vous avez soupiré d'aise, vous avez approché votre verre de votre nez, vous l'avez humé, vous avez souri, vous avez saisi la télécommande, vous m'avez demandé si j'avais besoin des sous-titres, j'ai fait signe que non, vous avez acquiescé, vous avez lancé *Sabrina* et vous m'avez souhaité bon appétit.

Nous avons donc festoyé avec la ravissante Audrey, laquelle, et comme cela tombait bien, revenait à l'instant de la meilleure école de cuisine de Paris.

Délicieux. Délicieuse.

Les violons, la romance, le beaufort et la bouteille évanouis, vous m'avez raccompagné jusqu'à la porte en silence puis vous m'avez souhaité bonne nuit avant de me donner rendez-vous le lendemain soir à la même heure.

J'étais si sonné que je vous ai à peine remercié.

Et, contre toute attente, j'ai bien dormi cette nuit-là. Bien, bien dormi.

(Au point où nous en sommes je peux vous confesser ce plaisir solitaire : je me suis endormi en pensant à vos jolies pantoufles.) (Shipton & Heneage, *Grecian slippers,* me confesserez-vous à votre tour quelques semaines plus tard.)

Merci, Louis. Merci.

Merci.

Je ne sais pas encore combien de fois je vais me

répéter ainsi, je les compterai à la fin. Et ce sera autant de mercis ~~que de poignées de terre~~ qu'il en faudra.

Le lendemain soir, ce fut velouté de potiron. Et c'est le lendemain soir que j'ai compris pourquoi j'étais là. Après le même rituel que la veille, vous vous êtes tourné vers moi la télécommande toujours à la main et vous m'avez demandé, l'air vaguement inquiet :

– J'avais prévu *La Garçonnière*, mais j'ai peur de manquer de tact. Peut-être est-ce encore un peu tôt, non ?

Quel beau sourire.

– Non, c'est parfait, vous ai-je répondu émerveillé. C'est parfait.

Louis. Personne n'avait jamais pris soin de moi ainsi. Personne.

Ai-je pensé à vous dire merci ?

(Une fois, une fois dans ma vie, on m'a nourri de la sorte, avec la même rudesse et la même tendresse absolues, une fois. C'était Emilia, Yaya, la petite bonne alsacienne qui travaillait chez ma grand-mère à La Huchaude, maison sinistre du Nivernais où j'avais passé tout un été livré à moi-même juste après la mort de mon père. Quand j'étais seul au « château », comme elle disait, elle me permettait de dîner à l'office avec elle et me préparait du pain perdu en trempant dans je ne sais quel appareil au lait, au sucre et à la cannelle les tranches d'un gros pain de quatre livres rassis à cœur.

Jamais je n'oublierai le goût de ce pain perdu. Jamais. C'était le goût de la bonté, de la simplicité et du désintérêt. Mets qui ne me furent pas si souvent servis depuis.

Yaya… Yaya qui me défendait de parler quand c'était l'heure de son feuilleton à la radio et à laquelle j'ai dû relire des dizaines de fois le passage du roman de Jules Verne où Michel Strogoff est condamné à « ne plus voir les choses de la terre » en étant aveuglé par un sabre chauffé à blanc. Je m'appliquais à rouler les « r » du méchant Ogareff pour que sa voix sonnât plus crrruelle et bien plus rrrrredoutable encorrre. Elle adorait ça. J'ai appris quelques mois plus tard et complètement par hasard qu'elle avait été renvoyée et quand j'ai enfin osé demandé (et il m'a fallu pour y parvenir faire montre du même courage que le fier coursier du tsar) à ma grand-mère pourquoi, elle m'a simplement répondu qu'elle, Yaya, « ne sentait pas toujours très bon ».)

(Louis? J'abuse? J'abuse de votre éternité avec mes pleurnicheries de gamin? Si oui, ne vous en prenez qu'à vous, mon ami, je ne me souvenais même plus que je me souvenais de Yaya et sans vous je ne m'en serais probablement jamais souvenu.)

Ce rituel – soupes, grands vins et classiques hollywoodiens – a duré jusqu'aux premières heures de l'année suivante. Chaque soir vous me donniez rendez-vous pour le lendemain et chaque lendemain soir, je retrouvais nos dînettes de vieux garçons avec un soulagement indicible. (Indicible, adj. *Qui ne peut être dit ou traduit par des mots à cause de son caractère intense, étrange, extraordinaire.*)

Ni vous ni moi n'avons fait la moindre allusion à Noël ou à la Saint-Sylvestre.

Puisque vous aviez la gentillesse de renouveler votre invitation d'un soir sur l'autre et que je n'étais pas en état de la refuser, nous avons vécu comme si de rien n'était. Ou plutôt, rien n'était et j'ai vécu quand même. Mon fils, c'était prévu, était parti skier avec sa mère et son fringant beau-père dans le Colorado pendant qu'Ariane et les filles folâtraient en maillot de bain derrière une barrière de corail (je n'ai pas cherché à savoir si l'homme attentionné était aussi du voyage, cette apparente indifférence étant, je l'avais décidé, l'aimable présent que je m'offrais à moi-même) et vous êtes devenu, à votre insu, ma seule famille et mon unique point de chute.

Pour ce qui vous concerne, je ne sais pas. Je me suis bien gardé de vous demander si vous n'aviez vraiment rien de plus amusant qu'un cocu de palier à vous mettre sous la dent en ces jours de fête. Non, je n'ai pas pris ce risque. Et aujourd'hui, après tout ce qui s'est passé, je ne sais plus si je regrette mon manque de délicatesse ou si je m'en félicite au contraire. Bien sûr, je n'avais aucune envie d'être éconduit, mais il n'y avait pas que cela, Louis, il n'y avait pas que cela. Je respectais vos silences.

Et même cette nuit, vous savez, si je me permets toutes ces impudeurs, c'est uniquement parce que je vous écris du bout du monde et dans un état plus proche du somnambulisme que de la simple insomnie.

Le 24 au soir vous aviez programmé *La vie est belle* de Frank Capra.

— Ce n'est pas très original et vous avez déjà dû

le voir vingt fois, mais vous verrez, on ne s'en lasse pas. Et puis ce gentil Clos-Vougeot fera le reste…

Je n'ai pas osé vous contredire (je ne l'avais jamais vu) et je vous ai été très reconnaissant de nous laisser dans le noir encore quelques minutes après les dernières paroles de l'ange. J'avais pris le destin de ce George Bailey dans le plexus et je n'étais pas très vaillant au moment de regagner mes pénates. Si peu vaillant que je suis revenu sonner à votre porte quelques minutes plus tard.

– Vous avez oublié quelque chose ?

– Non, mais je… Vous savez, moi aussi, j'ai repris l'affaire de mon père après sa mort et…

Et comme je ne savais pas quoi ajouter, enfin si, je savais très bien mais je ne savais pas comment m'y prendre, vous avez mis fin à mes atermoiements en les balayant d'un rire franc.

– Mais bien sûr que je le sais, voyons ! Tout le monde le sait ! Votre nom est un des fleurons de l'industrie française ! Allez… Allons nous coucher. Toutes ces émotions nous ont épuisés.

De nouveau chez moi, assis dans la cuisine de mon grand appartement vide et au bout du deuxième verre de ce délicieux whisky que l'un de mes collaborateurs m'avait offert le matin même, j'ai enfin pu finir ma phrase.

Personne ne l'a entendue, mais je vous disais à peu près :

... moi aussi, j'ai repris l'affaire de mon père après sa mort et moi aussi je connais cette solitude. Cette solitude et cette angoisse terrible de perdre la face. Mon ennemi, ce n'est pas l'odieux Potter, mon ennemi, c'est la fin d'un monde, de mon monde, du monde que je représente. Mon ennemi, c'est la mondialisation, c'est l'Asie où je me dévoie en ce moment même, c'est la délocalisation. Mon ennemi m'a vaincu déjà. « Fleuron de l'industrie française. » Mais mon cher Louis... il n'y a plus d'industrie française depuis longtemps. Je ne développe plus mon entreprise, j'évite seulement de la perdre. Je sauve les bijoux de famille. Ou je les brade au contraire. Les pieds du colosse sont en argile et...

Et quelques gorgées plus tard,

... et je suis seul. Bien plus seul que ce George Bailey ne l'a jamais été car je n'ai jamais fait le bien autour de moi, moi... même fortuitement et je n'ai jamais su me faire aimer comme lui car je n'ai jamais su aimer non plus. Aussi cynique que cela puisse paraître, je n'en ai jamais eu les moyens. J'ai souvent entendu dire que j'étais né coiffé, mais coiffé de quoi, mon Dieu ? d'un casque à pointe ? d'une mitre en fonte ? Je ne suis pas né coiffé, je suis né plombé. Et, à l'heure des bilans, non seulement ma femme ne bat pas le rappel pour me sauver de la noyade, mais elle est partie se chauffer le cul je ne sais où en me privant de mes enfants le jour de Noël. Quant aux amis, parlons-en. Quels amis ? De quoi parlons-nous ? Je ne sais même pas comment ça se manufacture, un ami. Ça se conçoit ? Ça se met au point ? Ça se teste ? Ça se fait copier à moindre coût ? Ça se brevette ?

Bon. J'étais soûl.

Et parce que j'étais soûl, j'ai pu enfin terminer ma phrase :

... non, je n'ai eu le temps de rien. Et je suis seul au monde. Mais ce soir encore, vous êtes là, voisin inconnu qui ne parlez pas, qui ne demandez rien, devant lequel je me présente toujours les mains vides, ce qui ne m'était encore jamais arrivé de ma vie, devant lequel je me présente toujours les mains vides parce que je suis si vide moi aussi, si vide, si découragé et si démuni que je n'ai même plus un sou de politesse à offrir et...

Et merde. Encore une gorgée,

... et... et ce n'est pas ma communauté qui m'a rattrapé par le col au-dessus du parapet un soir de désespoir, c'est vous. C'est vous qui m'avez sauvé.

Je pleure, Louis. Je pleure sur moi.

Non mais c'est un comble. Voyez ce gredin qui vous barbote votre oraison funèbre ! Heureusement que le ridicule ne tue pas non plus...

Vos soupes m'ont donné faim.
Ne quittez pas, je vous mets en attente le temps de joindre le room service.

*

Bientôt 3 heures, j'ai avalé mon bol de bibimbap (riz, légumes sautés, œuf frit, pâte de piment rouge) debout devant la fenêtre.

Plus de dix millions d'habitants et personne ne semble dormir. Les bureaux, les immeubles, les écrans publicitaires, la Seoul Tower, le trafic, les avenues, la voirie, les ponts, tout scintille. Non, pardon, tout brille. Pas de lune et pas la moindre étoile. D'aussi haut que je suis et aussi loin que porte mon regard, je ne vois rien qui ne soit pas artificiel. Tout brille. Tout clignote.

(J'ai remarqué que les chambres d'hôtel de ces villes monstres, et sur quelque continent que ce soit, me tiennent toujours lieu de sismographe intérieur. Quand je suis en forme, j'admire la main de l'homme et je pourrais rester des heures à étudier son accomplissement et quand je suis moins vaillant, comme ce soir, elle me prend à la gorge et je m'en détourne en chancelant.

Qu'avons-nous fait? Où allons-nous? Comment tout cela finira-t-il?)

Bon, grand prêchi-prêcheur de mes cieux, rends-nous Louis ou va te coucher.

Billy Wilder, Ernst Lubitsch, Frank Capra, Stanley Donen, Vincente Minnelli, nous avons donc passé la trêve des confiseurs dans la plus belle usine à bonbons de l'histoire du cinéma et peu à peu, chaque soir, à force de nous retrouver en vieux habitués de la même petite salle de quartier, nous avons commencé à engager la conversation.

Dans un premier temps nous l'avons joué cinéphiles. Nous commentions la mise en scène, le scénario, les producteurs, les anecdotes de tournage, les acteurs, les actrices (vous étiez fou du cou d'Audrey, les autres vous divertissaient seulement) et de film en film, de film en aiguille, si j'ose dire, nous en sommes venus à nous. Enfin, à nous... au nous des garçons. C'est-à-dire à des propos qui n'avaient pas grand-chose à voir avec notre soi. Plutôt des sujets aussi divers et variés que : notre boulot, notre carrière, notre job, notre travail, notre métier, notre secteur, notre partie, bref, notre raison sociale.

Raison sociale, laquelle, au vu des folichonnes petites soirées de fêtes de fin d'année que nous étions en train de passer, avaient tout l'air d'être aussi des raisons de vivre, mais bon... nous étions trop occupés à nous jeter des confettis à la figure et à nous dandiner comme des petits foufous sur la danse des canards pour avoir encore l'aplomb de nous le faire mutuellement remarquer.

(La vérité, c'est que vous et moi nous étions retranchés et que nous observions la ligne de front depuis les interstices laissés par Audrey, Shirley, Ginger, Marlène, Lauren, Jane, Cyd, Leslie, Debbie, Rita, Greta, Gloria, Barbara, Katharine et Marilyn.

Avouez que, comme sacs de sable, on a vu pire...)

Oui, nous avons commencé à nous tourner vers notre voisin de fauteuil quand la lumière se rallumait et les soirées passant, le vin bonifiant, les cuirasses se fendillant et les langues se déliant, nous nous sommes projeté nos films à nous.

Nos Sept ans de réflexion, nos Chemins de la gloire, nos Sarabande des pantins, nos Port de l'angoisse, nos Boulevard du crépuscule, nos Assurance sur la mort, nos Grand Sommeil et nos Gouffre aux chimères.

Plus nous tenions l'intime à distance et plus nous nous dénudions car nos raisons de vivre, aussi désolantes qu'elles pussent paraître, disaient finalement beaucoup de nous. Disaient tout de nous.

Votre robe, votre spécialité, vos dossiers, vos cas, ma toge, mon hérédité, mes dossiers, mes tracas ; que vouliez-vous que nous ajoutassions à tout cela ?

Rien.

Notre vie. Notre vie était là.

Ho, Cailley-Ponpon, tu t'entends quand tu causes ? Avec tes imparfaits du subjonctif, tes rimes en dedans, tes points-virgules et tout le tintouin ? Tu ne peux pas jacter plus simple, gros ?

Alors euh... bon, ben... ben en fait, ben Loulou et moi, on commençait à tiser sévère alors forcé on a commencé à se déboutonner. Et plus on se montrait nos zguègues plus on voyait que ça pissait pas bien loin tout ça et que c'était même pas la peine qu'on se la raconte vu qu'on était en plein dans la magie des fêtes et qu'on était là comme deux vieux cons à bouffer notre tapioca en matant des films qu'on connaissait déjà par cœur et...

Hé...

Vous l'avez vu mon majeur, là ? Vous avez vu comme il vous indique bien le chemin vers la maison du père Noël ?

Je ne sais pas pour vous, Louis, je ne peux pas parler à votre place, mais pour moi, je vous le dis tout net : ce fut la plus belle trêve de ma vie.

Et même. Même. Si j'osais. Si j'étais vraiment sûr et certain que vous fussiez mort pour toujours. Peut-être alors. Peut-être que je vous le dirais : ce fut la trêve de ma vie.

Noël, ce n'est jamais très amusant quand vous êtes fils unique, quand en plus vous devenez orphelin, ça commence vraiment à sentir le marronnage, mais quand on vous rajoute dans la hotte un premier divorce traumatlantique, une séparation par enfourrade du chapon à sec, des enfants que votre stress aurait contaminés et un amant attentionné alors... Comment dire ? Le gai pipeau du joli santon et les bonnes résolutions, c'était mieux chez vous.

C'était plus honnête.

J'ai été un mauvais fils, un mauvais mari et un mauvais père, je le sais. C'est un fait. C'est factuel. Mais... Non. Pas de mais. Je ne vous écris pas cette nuit pour me justifier. Pas de mais, donc. Mais quand même. Et. Or. Il se trouve que.

Il se trouve que j'ai été élevé sans amour. J'ai été élevé sans amour et vous ne pouvez pas savoir ce que c'est que d'avoir grandi tout seul, de n'avoir jamais eu son content de... je ne sais pas... son content de bras : on en garde pour toujours quelque chose de dur et de maladroit.

J'ai été, je suis, un homme dur et maladroit.

Et, or, il se trouve aussi que j'ai été éduqué, non, pardon, dressé pour assurer la pérennité d'une entreprise que je n'ai pas fondée, mais qui assure le gîte et le couvert (et peut-être, même, peut-être, qui sait? le soin, l'éducation, la paix, une certaine paix, disons, une relative paix matérielle) à des milliers de gens.

Cela aussi c'est factuel. Mauvais mari, mauvais fils et mauvais père, mais en attendant tout le monde mange à sa faim. Tout le monde.

Si j'étais monté à bord de cet avion comme c'était prévu, si j'avais eu une meilleure note à ma composition d'histoire, si j'avais su qui était Pépin le Bref, ce qu'il avait fondé et qui était son fils, si mon père ne m'avait pas puni en me privant de cette sortie avec lui, je serais mort moi aussi. Je serais enterré à ses côtés dans un mausolée ridicule et ces milliers de gens que j'évoquais plus haut ne s'en seraient peut-être pas plus mal portés, mais en attendant, c'est moi qui m'y suis collé, c'est moi. Et l'on ne m'a pas demandé mon avis.

Et tout le monde mange.

Le reste je n'ai pas su. Je n'ai pas su mener de front une vie professionnelle et une vie privée. Je savais que j'étais mieux équipé, seulement équipé, pour la première et je l'ai, plus ou moins consciemment selon que la vie semblait m'en distraire ou pas, favorisée.

Ce sont des détails dont je ne suis pas fier et connus de moi seul, mais je le sais, je sais que j'ai favorisé ce qui me semblait le plus facile, le plus confortable, non, pas le plus confortable, ce n'est pas le genre de la maison, le plus jouable.

J'ai favorisé la dureté et la maladresse pour transformer en atouts ces handicaps. J'ai favorisé ce qui me désavantageait le moins. Et... Et voilà où j'en étais, voilà ce que je ressassais ces nuits où je vous quittais et me retrouvais en roue libre avec ma gamberge.

Chez vous, réalisais-je, et même si vous viviez seul, il y avait de la vie, la vie se sentait aimée. Chez moi, il n'y en avait plus.

J'ignore toujours pourquoi vous m'avez tendu la main, Louis, vous ne me l'avez jamais dit, mais ce que je sais, c'est que notre trêve hivernale m'aura fait beaucoup de bien. « Mange ta soupe, ça te fera grandir », disent les mamans véritables et... Merci pour vos soupes, voisin. Merci pour vos soupes, vos potages, vos veloutés et tous vos brouets de sorcier. J'étais déjà trop vieux pour grandir, hélas, mais vous m'avez permis de me redresser, de redresser la colonne, de revertébrer le bonhomme et de lui faire gagner... quoi... un bon petit centimètre peut-être.

Un petit centimètre et l'envie, le besoin plutôt, la nécessité, de prolonger ce cessez-le-feu avec moi-même.

Pépin le Bref était le roi des Francs, il avait fondé la dynastie des Carolingiens et c'était le père de Charlemagne. Bon, et maintenant que je m'en souvenais, je pouvais bien l'oublier, non?

Franchement, mais qu'est-ce que j'en avais à foutre de Pépin le Bref...

Notre 31 fut parfait.

Je n'étais pas venu la veille et je suis arrivé tard ce soir-là car j'avais fait la tournée des popotes afin de remercier tous les employés du siège et des sites français pour l'année écoulée. (Je n'aime pas les vœux. Trop pieux, trop mondains.) Ksss ksss, mauvais père, mais bon paternaliste de patron, persifleront les mauvaises langues. Oui. C'est vrai. Bon paternaliste de patron. Entrer dans les bureaux, distraire les étages, visiter les ateliers, démâter les cadences, entrer dans les guérites, regarder les visages, serrer des mains, chercher les yeux, comprendre des choses, noter des choses dans un coin de ma tête, ne pas les oublier, n'oublier personne, descendre dans les parkings et saluer aussi ceux que l'on ne voit jamais, ne pas en faire trop, ne pas en faire du tout même. Juste, voilà. Juste je passe. Je suis passé. Je suis votre bon con pâtissant de patron, c'est entendu, mais en attendant, voyez vous-mêmes : je suis passé. Je me souviens que vous existez, c'est tout. C'est tout ce que j'avais à vous dire : je m'en souviens.

Je suis arrivé tard, disais-je, et je n'avais même pas pris la peine de changer de chemise alors que vous, vous aviez sorti le tablier des grands jours et vous vous êtes présenté devant le radeau qui nous servait de canapé précédé d'un grand plateau.

Plateau sur lequel étaient posés deux bols blancs surmontés d'un dôme en pâte feuilletée.

Vous vous êtes raclé la gorge et vous avez annoncé gravement, une main repliée dans votre dos :

– Ce soir, soupe à la truffe. Plat créé en 1975 par monsieur Paul Bocuse le jour où il reçut sa Légion d'honneur à l'occasion d'un déjeuner donné à l'Élysée par monsieur Valéry Giscard d'Estaing alors président de la République et son épouse, la sémillante Anne-Aymone.

Et là, j'ai ri. J'ai ri parce que votre tablier vous dotait en trompe-l'œil du buste d'une créature sublime de vulgarité et quasiment nue (quelques franges tout au plus, quelques franges, quelques turquoises et quelques plumes d'aigle), assise les cuisses largement écartées derrière le guidon d'une Harley Davidson.

J'ai ri et vous m'avez souri.

Et ce fut notre gui.

Vous étiez très en forme ce soir-là, vous aviez programmé *Chantons sous la pluie*, je crois que vous aviez un peu bu en m'attendant et, le film terminé, vous avez murmuré :

– Il faut que je vous avoue quelque chose...

J'ai détesté le ton de votre voix. Je n'avais aucune envie d'aveux. Je détestais les aveux. Ils me terrifiaient. Nous nous en étions très bien sortis jusquelà sans verser dans la sensiblerie alors pourquoi tout gâcher?

– Je vous écoute, me suis-je raidi.

– Eh bien, figurez-vous que ce vieux chnoque, là... Oui, celui-là même... Ce grand échalas rouillé qui est vautré près de vous a été élu meilleur danseur de claquettes du Fred & Ginger's Club d'Harvard l'été mille neuf cent... bah, en son temps, quoi...

– Vraiment? me suis-je détendu.

– Ne bougez pas.

Vous vous étiez redressé.

– Je voudrais que vous sachiez, Paul (il était un peu rond) que.. que... que vous sachiez... que vous n'avez pas été le seul à soutenir la France à l'export. Non, non, non! Moi aussi j'ai participé au plan Cocorico, mon cher! Moi aussi, j'ai porté nos couleurs! Ne bougez pas et voyez un peu comment ça sautille, une french grenouille.

Il est revenu chaussé d'une vieille paire de souliers tricolores.

– And now (roulement de petites cuillères sur

le crâne en bronze du grand-père), ladies and gentlemen... Oh, no, damn, and now, gentleman only, just devant vos yeux ébahis, the very famous Froggy Louïsse dans son encore plus very famous numéro de tap-dancing!

Et là...

Le fou dansant.

Fred Astaire et Gene Kelly pour moi tout seul. Un peu rouillés et un peu pétés, certes, mais pour moi tout seul. Roulement de petits fers sur le parquet du baron Haussmann.

Roulement, cliquetis, chanson, mélodie, même, oui, mélodie de petits fers sur le parquet du vieux baron tandis qu'on entendait au loin les pétarades étouffées de quelque feu d'artifice tiré depuis je ne sais où.

De loin (mais j'étais vraiment assis tout au fond du canapé), on aurait un peu dit un Américain à Paris.

Ensuite vous m'avez montré les techniques de frappe à un son, à deux sons, à trois sons, à... Enfin non, les autres combinaisons, vous n'avez pas pu, vous étiez de nouveau affalé auprès de votre ébahi hébété.

Ah, Louis... Comme elle a bien fini, cette annus année horribilis-là... Comme elle a bien fini...

D'autant plus finie qu'en nous quittant quelques instants plus tard, nous nous sommes fait comprendre sans rien avoir à nous dire que voilà, now, gentleman and gentleman, voilà, le show était terminé.

Les films rembobinés et les parapluies refermés.

Je vous ai serré la main pour la première fois et, pour la première fois, vous m'avez raccompagné jusqu'au pas de ma porte.

Je vous ai dit, un peu trop solennellement, je crois :

– Je vous remercie, Louis. Je vous remercie.

Vous avez balayé d'un revers de la main ce trop-plein de solennité et m'avez répondu en me regardant droit dans les yeux :

– Ça va aller. Vous allez voir : ça va aller.

J'ai fait oui avec la tête, exactement comme l'aurait fait le petit Paul aux mains sales du premier soir et vous êtes reparti dans un délicieux – tap tap tic à toc – petit entrechat hollywoodien made in France.

*

Le lendemain après-midi, premier janvier, je

suis allé rendre visite à ma mère dans son chic mouroir médicalisé.

Bien sûr, elle ne m'a pas reconnu. Pas plus ce jour-là que les fois précédentes.

Elle regardait fixement l'inconnu qui s'était installé au pied de son lit et nous avons joué à je te tiens tu me tiens par la barbichette du néant pendant un long moment et... puis j'ai fini par rompre le silence :

– Vous savez, je me suis fait un ami...

Elle n'a pas réagi.

Elle n'a pas réagi et cela n'avait aucune importance, le bien était fait. J'aurai réussi au moins une fois dans ma vie à établir une forme de complicité avec elle.

Du coup j'ai continué.

– Il s'appelle Louis, il est très gentil et il fait des claquettes.

D'entendre ma voix prononcer ces mots si bêtas, si simples, si enfantins, un jour chômé et devant cette femme qui aura attendu d'avoir le cerveau en charpie pour s'humaniser enfin et me renvoyer l'image d'une mère à peu près lisible m'a donné envie de rire et de pleurer à la fois.

Je ne savais plus, là...

Je ne savais plus. J'étais perdu.

Je ne savais tellement plus rien que je suis resté auprès d'elle beaucoup plus longtemps que d'habitude. J'étais bien, c'était tranquille, je cuvais au calme. Je la regardais. Je regardais son visage, son cou, ses longs bras inutiles, ses mains, je me disais. Regarde-la bien parce que tu ne reviendras pas. Tu ne remettras plus les pieds dans cette chambre. Elle ne t'a pas connu, elle ne te reconnaît plus et aujourd'hui c'est comme avec cette histoire de Carolingiens, aujourd'hui c'est trop tard, cela ne te sert plus à rien de t'en souvenir.

Regarde-la une dernière fois et puis fais comme Louis t'a appris. Glisse, brosse, frappe et tape avec transfert de tout ton poids sur le fer. Résonne, Paul, résonne. Regarde-la une dernière fois et laisse derrière toi ce qui ne pèse plus.

★

Ensuite les hostilités ont repris mais ce n'était plus pareil. Même si nous nous sommes très peu vus dans les semaines et les mois qui ont suivi, je savais que vous étiez là, que la bonté était là. Cela peut sembler dérisoire comme lumignon dans une vie aussi aride que la mienne, mais je me comprends. C'était comme dans cette antichambre terrible où patientait ma mère : le bien était fait, le bien avait été fait. Le reste, soudain, pesait moins sous le harnais. Le reste suivrait. Tout s'en trouvait modifié. Audrey était passée.

Ariane, elle, n'est jamais revenue, mais nos relations sont devenues plus chaleureuses. Le prétexte, bien sûr, c'était les filles, les filles et leur logistique, et le prétexte était joli. J'avais été incapable de leur offrir une vie de famille heureuse et j'étais toujours aussi maladroit mais elles le savaient depuis le temps. Elles le savaient et elles en avaient pris leur parti. Du coup, elles s'occupaient bien de leur grand dadais de papa. Elles le prenaient un week-end sur deux, certains mercredis soir quand il était là et pendant ses semaines de vacances. Elles l'habillaient, elles le sortaient, elles l'emmenaient au Jardin d'acclimatation ou au zoo de Vincennes. Elles lui montraient comment envoyer des ballons, des feux d'artifice ou des confettis par texto, elles lui apprenaient à décrypter la subtilité du langage des émoticônes, à regarder des tutos de maquillage, à jouer à Harvest Moon DS, à trouver des lutins, à acheter la pierre de téléportation, à construire un poulailler, à sauver la princesse de la moisson, à changer sa photo de profil, à unfriender des faux amis, à liker des youtubeuses rigolotes, à arrêter d'aller tout le temps au restaurant et à découper en parts de gâteau équitables des conglomérats de coquillettes archicuites.

Elles lui ont surtout montré un autre chemin que celui de la culpabilité. Un autre chemin, un détour, un raccourci. Une amnistie. OK, il n'avait pas fait le job et certains manquements ne seraient jamais réparables mais en attendant, c'était lui qui avait mis la main sur le gant miracle au casino des lutins, c'était lui.

Non, nous ne nous voyions plus tellement, vous et moi, et puis, un soir, vous avez remis ça. Vous nous avez croisés sur le palier et vous nous avez invités à venir au cinéma chez vous.

O tempora, o mores, les sushis avaient remplacé la truffe et Julia n'était pas habillée par Givenchy, mais vous adoriez *Pretty Woman* et les filles l'ont adoré avec vous.

Un nouveau ciné-club était né : un samedi soir sur deux, si Louis était là, alors nous allions chez lui. Vous leur avez présenté Paul Grimault et elles vous ont offert Hayao Miyazaki en échange. Vous leur avez donné Buster Keaton et elles vous ont prêté Buzz l'Éclair. Vous leur avez offert tout Demy et elles vous ont rendu tout Ghibli. Elles aimaient beaucoup venir chez vous. Elles aimaient votre foutoir, vos cannes, vos Daumier, vos coupe-papier et vos sulfures. Elles vous disaient : « Mais pourquoi tu gardes tous ces vieux journaux partout par terre ? » et vous répondiez en baissant la voix : « Parce que des petites souris vivent dessous, figurez-vous… » et ensuite elles avaient tellement de mal à se concentrer sur le film… Tellement, tellement de mal… D'un œil, elles pleuraient *E. T.* et de l'autre, elles guettaient le moindre friselis à la surface de vieux *Monde* oubliés.

Mais tout cela restait très ténu, très pondéré. Nous étions farouches l'un et l'autre, nous avions reçu peu ou prou la même bonne éducation qui apprend la paralysie aussi sûrement que la courtoisie et nous avions toujours peur de déranger.

Moi surtout, je me tenais en retrait. Vous étiez un homme de dossiers, je savais que vous travailliez beaucoup chez vous et j'étais très scrupuleux avec ça. (Le travail ! Le dieu Travail !) Et puis il y avait vos absences. Vos nuits de raout, comme dirait l'autre. Vos nuits de grand flou. Vous aviez une vie compliquée, Louis, n'est-ce pas ? Enfin, compliquée, je ne sais pas, mais contrastée, disons, contrastée.

À cause de tout cela : vos dossiers, votre solitude, vos ellipses, j'aurais pu en rester là, à notre trêve d'autrefois, et m'en serais trouvé verni déjà, mais nos souliers, encore une fois, ont foulé nos bonnes manières.

Je ne sais plus quand ni comment ni de qui c'est venu, mais ce fut, en plus des séances souris-sushis avec les filles, notre nouveau rituel de vieux garçons à nous. Le dimanche soir, quand j'étais seul et que vous « jeûniez » (c'était votre mot), nous cirions nos chaussures ensemble.

Comme ces trajets en voiture qui donnent l'illusion d'avoir la route pour seul vis-à-vis, comme les randonnées escarpées qui vous imposent de surveiller vos pieds dans les passages difficiles ou comme l'équeutage de haricots qui vous oblige à discerner un fil entre deux petits gestes brusques, comme toute activité manuelle menée à deux et de front en vérité, le cirage de chaussures fut un merveilleux moyen de connaître l'autre sans jamais avoir l'air d'y toucher.

Nous délacions, nous nettoyions, nous appliquions, nous étalions, nous imprégnions, nous nourrissions, nous cirions, nous frottions, nous brossions, nous lustrions, nous patinions et nous relacions et, incidemment, fortuitement, au cours de ces diverses opérations qui nous mettaient à couvert parce qu'elles monopolisaient toute notre attention, incidemment, disais-je, incidemment, nous papotions.

Au début, nous commencions toujours par parler marchandise (nos chaussures, passées, présentes et à venir) puis nous causions boutique (nos semaines de travail passées, présentes et à venir) et enfin, nous débattions rendement (Dieu, la Vie, la Solitude, la Mort ; passé, présent et avenir).

Nous nous entretenions de nos cuirs autant que nous les entretenions et nos derniers coups de polish nous menaient souvent très loin du plancher des vaches.

Chaussure après chaussure, paire après paire, nous avons appris à bien comprendre la mécanique de l'autre et son mode de fonctionnement, mais comme nous étions aussi très pudiques, nous avons négligé, non... pas négligé, pas éludé non plus, nous avons respecté, observé plutôt, oui, c'est ça, *observé*, comme on observe une règle, un rite, une minute de silence ou un jeûne justement, nous avons aussi, hélas, observé ses commandements et nous n'avons jamais mis les mains dans le cambouis.

Nous connaissions le moteur d'en face, mais nous ne savions rien de sa combustion, de son

carburant et de son usure et je le regrette amère-
ment aujourd'hui.

Je le regrette parce que l'annonce de votre mort
a été un choc terrible.

Je ne savais pas que vous étiez malade, Louis.
Je ne savais pas que vous vous battiez contre la
maladie depuis des années. J'étais là, j'habitais la
porte d'à côté, je vous devais tant, j'aurais fait
n'importe quoi pour vous et je ne savais rien.

Vous étiez mon ami de solitude, mon ami de sur
le tard, mon ami du soir, mon ami de campement,
mon ami de bivouac, mon ami imaginaire peut-
être, mais mon ami. L'ami que je n'ai pas eu le
temps de connaître.

(J'avais écrit *d'aimer* et puis je me suis ravisé
encore une fois.) (Quel con…)

L'ami que je n'ai pas eu le temps d'aimpprécier.
(Quel con, disais-je.)

Bien sûr deux ans c'est court et nous ne nous
voyions pas si souvent. Mises bout à bout, moins
les films, moins les filles, moins le va-et-vient des
brosses et moins les formules de politesse, nos
heures de présence ne furent pas si nombreuses
en fin de compte et…

Et l'annonce de votre mort fut un choc terrible.

Vous disparaissiez souvent. Certaines fois long-temps. Vous alliez à la campagne disiez-vous aux filles. Vous alliez promener vos souris. Et puis un jour vous n'êtes pas revenu.

Un jour vous n'êtes plus revenu et un autre jour Lucie, ma plus jeune fille, via Laure, sa sœur, via Ariane, sa maman, via Mako, leur nounou, via Fernanda, notre concierge m'a appris que c'était inutile de vous attendre plus longtemps pour revoir *Le Tombeau des lucioles*, que vous aussi vous étiez au ciel, que vous ne reviendriez plus jamais, que... mais qu'allaient devenir les petites souris ?

J'ai appris votre mort par un chapelet de dames.

J'étais votre ami et j'ai appris votre mort par la concierge.

Quelle claque, le nanti.

Quelle claque, le dominant, le distributeur d'étrennes, le seigneur des pourboires.

Quelle bonne grosse claque dans ta face.

Vous voyez, vous aurez parfait mon éducation jusqu'au bout...

Ensuite des bruits ont couru que vous vous étiez... que vous aviez mis fin à vos jours vous-même. Cela ne m'a pas intéressé. Je n'y ai prêté aucune attention. Je vous en sais gré et vous respecte d'autant plus. Le suicide aussi est mon ami imaginaire. J'ai simplement reperdu mon centimètre à force de me tasser sous le poids du remords.

L'idée que vous fussiez peut-être venu à bout de vos souffrances en vous en infligeant de supplémentaires me rendait misérable. J'aurais pu, j'aurais dû, j'aurais aimé vous aider. De n'importe quelle façon. De toutes les façons.

J'aurais pu savoir les détails de votre sortie de scène, mais je n'ai pas voulu les connaître. Vous vouliez partir et vous êtes parti, c'était la seule chose qui comptait. Qui m'importait. Qui me consolait.

*

Louis,
Un jour vous êtes parti à la campagne avec vos souris, un autre jour une petite fille en larmes m'a annoncé que vous étiez mort, un autre jour encore, bien plus tard, des gens sont venus vider votre appartement, le soir même un gros garçon qui

sentait la transpiration a sonné à ma porte et m'a tendu un carton sur lequel j'ai reconnu votre écriture : *à donner au voisin de palier* et, dans ce carton, il y avait une caisse de vin en bois.

Une caisse de Château-Haut-Brion en souvenir de votre première mission.

Il n'y avait plus de bouteilles dans cette caisse puisque nous les avions bues ensemble, mais il y avait 2 brosses à étaler en crin de cheval (une pour les cirages clairs et une pour les sombres), 2 brosses à lustrer en soies de porc, 2 petites brosses façon brosse à dents en soies de sanglier pour les trépointes et les recoins perfides, 4 pots de crème, 4 boîtes de pâte assortie aux crèmes, un lait nutritif, une gomme à daim, une brosse en crêpe, de la terre de Sommières et un chiffon doux sorti de la côte d'une vieille chemise que je reconnaissais. Que je vous avais vu porter. Peut-être même qu'elle n'était pas si vieille que ça d'ailleurs. Mais elle était douce, assurément. Elle était douce et elle remplaçait le mot d'adieu que vous n'aviez pas pu ou pas voulu écrire.

Elle était si douce que je me suis mouché dedans.

J'ai très mal vécu votre départ à la dérobée, Louis, très mal. Là encore, je ne sais qui de l'orgueil ou du gras (du cœur, abruti, du cœur) a le plus morflé, mais je suis resté longtemps dans l'état que je vous décrivais au début de cette lettre. Qu'est-ce que j'avais pondu, déjà ? Un coin. Ah oui, c'est cela, un coin. Un coin que l'on aurait enfoncé dans mon crâne, tout en haut, au milieu, là où la fontanelle se ressoude.

J'ai toujours souffert de migraines terribles – et cela vous le saviez car vous m'avez vu terrassé, un soir ; vous m'avez vu m'allonger sur votre parquet en me tenant la tête à deux mains, vous m'avez vu tomber sur votre lit de journaux en m'écroulant comme un gros sac de souffrances, vous m'avez entendu vous supplier de tout couper, de vous taire, de tout taire, de tout faire taire, de tout éteindre, de faire le noir complet, de ne plus bouger, de ne plus rien bouger, de tremper une serviette dans de l'eau glacée et de me l'appliquer en compresse sur le visage et, plus tard, la crise passée, vous m'avez écouté vous expliquer que c'était comme une énucléation, qu'un esprit malin armé d'une petite cuillère bien creuse et bien acérée venait se ficher derrière mon orbite et faisait levier de tout son poids en tournant le manche de sa saloperie d'engin dans un sens puis dans l'autre très lentement et très consciencieusement pour sortir l'œil de sa cavité ; et que ces crises étaient si soudaines, si implacables et si féroces que j'aurais pu me faire sauter le caisson dix fois, cent fois déjà – oui, j'ai toujours souffert de migraines atroces et maintenant, comme si cela ne suffisait pas, j'ai votre mort fichée dans ma boîte crânienne et…

Je vais prendre une douche, je reviens.

jet brûlant
longtemps, longtemps, longtemps

fondu
drainé
dissous
décapé
liquéfié
liquidé

Liquidé, le bonhomme. Liquidé.

Ça va mieux.

Le jour se lève. Je dois me dépêcher.

Si j'évoquais mes crises de descentes aux enfers tout à l'heure, ce n'est pas pour me faire plaindre, Louis, c'est pour retomber sur mes pieds.

Je n'ai plus le temps de chercher mes mots. Je dois partir dans moins de deux heures et je suis encore en serviette de bain.

Je n'ai plus le temps de rien, je dois juste retomber sur mes pieds avant de jeter de la cendre sur les braises et de quitter le camp.

Mes pieds, souvenez-vous, c'est – copier/coller – « la femme pleine d'esprit à laquelle je venais justement (et je vous dirai plus tard dans quelles circonstances) de raconter ces chassés-croisés matinaux en lui précisant l'étrange réconfort qu'ils me procuraient ».

Oui. Elle. Celle qui alpague Marcel dans la rue en lui demandant s'il revient de chez la duchesse de Guermantes ou d'une pissotière.

C'est à cause d'elle que nous avons passé la nuit ensemble, vous et moi.

À cause ou grâce à, je ne sais pas, mais ce qui est sûr, c'est que sans elle, sans son ironie, sans sa clairvoyance, sans son talent, sans Proust et sans Morand, je ne l'aurais pas fait.

Je ne serais pas venu toquer chez les morts. J'en serais resté à mon *Sans titre 1*, et à mon « tu fais chier » et je ne vous aurais plus jamais adressé la parole. Ou le moins possible.

Je ne suis pas certain que vous ayez beaucoup gagné au change, mais cette fois je ne vous quitterai pas sur une grossièreté.

Tu ne faites pas chier, Louis. Tu ne faites pas chier du tout.

Les circonstances, donc.

Venons-en aux circonstances.

J'étais dans un aéroport. Eh oui... Destinée. J'étais à Heathrow à Londres dans un hall d'aéroport gigantesque et j'ai fait une crise.

Du bruit, des sons, du monde, de la lumière partout, des néons, des appels, de la musique, des gens, des odeurs, des moteurs, des machines, des portiques, des bips, des couleurs, du mouvement, des ondes, des sirènes, des percolateurs, du chauffage, de l'air conditionné, du kérosène, des tintements, des téléphones, des cris, des rires, des enfants, j'ai cru que j'allais mourir de douleur.

J'étais debout derrière un pilier, le front posé contre, prêt à reculer et à l'éclater enfin. Comme un œuf, comme un bœuf, comme une calebasse pourrie, comme une noix de coco qu'il aurait fallu enfin briser d'un coup sec.

J'étouffais, je transpirais, j'étais couvert de sueur, je frissonnais, je me dévêtais, je grelottais, je…

Je suis revenu à moi dans une chambre d'hôpital.

Je vous passe les détails, mais ce fut un long parcours du combattant fort peu glorieux (le combattant) au bout duquel, j'ai été sommé par des compagnies d'assurance et des banques de *consulter*. De me mettre à poil. De passer par la case fouille au corps. De me présenter devant la science. De m'auditer moi-même en quelque sorte.

Et, de consultation en consultation, je me suis retrouvé assis en face d'une femme.

De cette femme.

Je n'avais rien à lui dire.

Je ne lui ai rien dit pendant deux séances.

Au début de la troisième – laquelle, nous en étions convenus elle et moi, serait la dernière au vu de mon évident manque de bonne volonté à coopérer – elle a lâché :

– Vous savez, si le préfixe psy vous compromet, car il semble vous compromettre, vous n'avez qu'à m'envisager comme le font mes patients les plus imperméables à toute forme de compromission, ceux qu'on appelle les fous, les dingues, les zozos, les dingos, les Napoléon premier, les comme-vous-voudrez. Vous savez comment ils m'appellent, eux ?

Je la trouvais si impériale dans sa casse-couillerie que j'avais envie de lui répondre Joséphine mais je n'ai pas osé.

– Ils m'appellent le docteur de la tête, reprit-elle en souriant. Rappelez-moi ce qui vous amène déjà… (lunettes, coup d'œil distrait à mon dossier). Ah, oui… le genou gauche…

Ha ha ha. Quel humour. Madame a psychanalysé un clown.

Je n'ai rien répondu.

Elle a poussé un soupir, elle a refermé mon dossier, elle a ôté ses jolies lunettes, elle a cherché mon regard et l'a foudroyé.

– Écoutez-moi, Paul Cailley-Ponthieu, écoutez-moi bien. Vous me faites perdre mon temps. Nous allons donc arrêter cette séance maintenant. Ne vous inquiétez pas, je vais vous signer les papiers et toutes les décharges dont vous avez besoin pour retourner sous la mitraille. Oui, je vais faire cela pour vous : je vais vous renvoyer au front puisque c'est ce que vous voulez, mais comme ma conscience professionnelle est aussi rigoureuse que la vôtre, tenez...

Elle a remis ses lunettes, a tapoté sur son ordinateur, s'est penchée, a récupéré l'ordonnance qui s'échappait d'une imprimante et me l'a tendue.

– Voilà. Apte au service. Vous trouverez une pharmacie sur votre gauche en sortant d'ici. Pour le règlement voyez avec le secrétariat. Au revoir.

Elle s'est levée pendant que je lisais sa prescription :

Genouillère rotulienne Silistab Genu x 1.

Elle était debout. Elle me regardait.

J'étais assis. Je regardais mes genoux.

Je commençais à avoir mal à la tête.

J'avais envie de pleurer.

J'avais soif.

J'avais chaud.

J'ai commencé à lui parler uniquement pour ne pas pleurer.

Je préférais encore ouvrir cette vanne-là plutôt que celles-ci.

Je préférais encore crever la bouche ouverte plutôt que de verser la moindre larme devant cette inconnue.

J'ai donc ouvert la bouche et j'ai prononcé votre prénom.

Et puis, j'ai… Et puis plus rien.

Elle ne disait rien non plus. Par respect, je crois. Elle me voyait danser d'un pied sur l'autre tout au bord du plongeoir et se retenait de me pousser dans le dos. C'était gentil.

Au bout de deux ou trois longues minutes, elle m'a quand même donné une pichenette :

– Vous souffrez d'acouphènes ? Vous avez des problèmes d'audition ?

– Non, ai-je ri en me noyant dans mes larmes, non. Louis. Mon ami Louis.

Le bouillon. Le gros bouillon.

– Ne bougez pas.

Elle est sortie de son bureau et est revenue en me tendant un rouleau d'essuie-tout.

– Je suis désolée, je n'ai que ça.

– Merci.

Elle s'est assise dans le fauteuil à côté de moi tandis que j'absorbais mon visage.

Silence.

Ensuite, elle m'a parlé comme il fallait qu'elle me parlât. Elle ne m'a pas dit : Oui... Bien sûr... Louis, donc... Louis... Votre ami, vous disiez... Comme c'est intéressant... Mais encore... Mais comment... Mais blablabla et vous dans tout cela.

Non.

Elle m'a regardé droit dans les yeux et elle m'a annoncé d'une voix calme :

– Mon prochain rendez-vous arrive dans quarante-cinq minutes. Que fait-on ?

Elle m'a parlé procédure, agenda, efficacité. Elle m'a replacé en terrain connu.

J'ai donc parlé de vous pendant quarante-cinq minutes.

Je ne sais plus exactement ce que j'ai dit, mais j'ai dû parler de cette façon que vous aviez d'être à la fois si dense et si volatil, d'être absolument ici et en même temps toujours un peu ailleurs, d'être à la fois si généreux et si pince. De tout ce que vous aviez fait pour moi et de la violence avec laquelle vous m'avez claqué dans les doigts. De ces adieux qui m'avaient été confisqués. De votre manque de confiance. En moi, en vous, en notre amitié. De cette méchante impression que je ressassais, que je remâchais sans cesse d'être passé totalement à côté de vous. De vous avoir loupé. De vous avoir trahi. De m'être trahi. D'avoir été nul.

D'être nul.

Et aussi que j'étais fils unique. Que j'avais probablement projeté sur vous l'image d'un frère idéal. Que je vous avais rêvé, inventé, fabriqué. Que ce n'était pas vous que je pleurais, mais mon bel hologramme. Que je pleurais des tas de morts, en vérité. La vôtre, celle de notre amitié, celle de mon père, celle de l'oncle si gentil que vous étiez devenu pour mes filles, celle de ma paternité, celle de ma filiation, celle de mon enfance, de ma jeunesse et de ma propre vie dont on m'avait finalement privé aussi et... Et puis j'ai parlé de vos mystères, de vos absences, de vos silences et de ce que m'inspirait cette vision de vous, le matin, quand vous rentriez selon toute vraisemblance d'un monde de liberté/tin/tinage tandis que j'allais, moi, me claquemurer dans une voiture longue et noire comme un corbillard et qui m'emmenait prendre mon service auprès d'un monde ultra-libéral et liberticide que je défendais du mieux que je pouvais alors qu'il était en train de ruiner en quelques années les efforts conjugués de quatre générations d'hommes et de femmes de bonne volonté, patrons y compris.

– Oui, lui répétais-je, c'est cette image qui me hante. Cette vision de lui, à l'aube... De lui si beau, mais rongé par la nuit, par la maladie, par la solitude, par... Je ne sais pas.

– On dirait Paul Morand interpellant Proust...

Je n'ai pas relevé. Je préférais encore passer pour un pédant que pour un crétin.

Elle ne s'est pas laissé berner. Elle m'a regardé droit dans les yeux pendant un long moment, le temps de me faire comprendre que j'étais, hé oui, hé si, hélas, et la preuve en étaient ces longues secondes même, un pédant de la pire espèce : un crétin de pédant puis, ceci étant entendu, elle a approché son visage du mien et a ajouté, de sa belle voix grave :

– « Proust... À quel raout allez-vous donc la nuit pour en revenir avec des yeux si las et si lucides ? Et quelle frayeur à nous interdite avez-vous connue pour en revenir si indulgent et si bon ? »

Silence.

Elle : C'était un peu cela, non ?

Moi : ...

Elle : Vous ne dites rien.

Je ne disais rien.

Elle m'a regardé encore un moment, elle s'est levée, elle m'a fait signe d'en faire autant et m'a raccompagné jusqu'à la porte.

– Vous verrez avec le secrétariat si vous voulez reprendre rendez-vous ou pas, mais en attendant, laissez-moi vous dire quelque chose d'important.

Je ne l'écoutais plus.

– Vous m'écoutez? reprit-elle.

– Pardon. Oui.

– Les gens vivent, les gens ont vécu et les gens meurent, c'est ainsi, vous... Vous m'écoutez toujours, là?

– Oui.

– Les gens vivent et la seule chose dont on se souvienne après leur mort, la seule chose qui compte, la seule chose qui reste, c'est leur bonté.

– ...

– Vous n'êtes pas d'accord avec moi?

– ...

– Plutôt que de ressasser ce que cet homme ne vous a pas donné, racontez sa bonté.

– À qui? À vous?

– À moi si vous revenez, à lui si vous ne revenez pas.

– Mais il est mort.

– Il est mort ?

– …

– Non. Bien sûr que non. S'il était mort vous l'auriez enterré déjà.

– Il la connaissait, sa bonté.

– Il la connaissait ? Vous en êtes sûr ?

Silence.

– Je ne sais pas écrire.

– Je ne vous ai pas dit d'écrire, je vous ai dit de raconter. Faites exactement comme avec moi tout à l'heure, mais en vous adressant à lui. Comme s'il était assis en face de vous. Ne cherchez pas plus loin : parlez-lui.

– …

– Parlez-lui et dites-lui au revoir.

– …

– Je ne suis pas aussi autoritaire d'habitude, mais là je sais que vous ne reviendrez pas et je ne veux pas vous renvoyer à l'ennemi, c'est-à-dire à vous-même, sans un laissez-passer en poche.

– …

– Dites-lui tout ce que vous avez sur le cœur et laissez-le partir.

– Tout cela me paraît bien ésotérique, me suis-je défendu en foirant un sourire, vous êtes vraiment médecin ?

– Non mais (sourire réussi) vous ne le direz à personne, n'est-ce pas ? Disons que je m'adapte et vous, cher dossier numéro 1714, vous n'avez rien à faire dans un service de psychiatrie, vous avez juste besoin de vous exprimer.

– …

– Vous vous cassez la tête, Paul. Vous vous cassez la tête tout seul. Arrêtez ça. Faites simple. Dites les choses. Bon, je vous laisse. J'ai du travail.

Je ne suis jamais revenu la voir.

★

On vient de me prévenir qu'un chauffeur attendait en bas. Je dois m'habiller. Je dois partir.

Louis,
Vous avez vu ? Je suis retombé sur mes pieds.

On m'a annoncé que vous étiez mort. On m'a demandé de vous enterrer. Moi-même, j'ai dit tout à l'heure que j'allais jeter des cendres sur les braises avant de quitter le camp et...

Et non. Je ne vais pas quitter le camp. Je n'ai aucune envie de vous enterrer. Aucune.

Je n'ose pas écrire je vous embrasse. Je n'ose pas écrire je vous serre dans mes bras. Je...

Allez. J'y vais.

Un garçon

1

J'étais défoncé, je partais de Saint-Jean-de-Luz, j'avais failli le rater, j'avais mis un temps fou à rallier mon compartiment et quand j'ai enfin réussi au prix d'une lente et difficile remontée le long de couloirs escarpés à rejoindre ma place (vers Biarritz environ), j'ai réalisé que j'allais devoir rester coincé dans un putain de carré pendant plus de cinq heures et que je n'étais même pas assis dans le sens de la marche.

Allons bon.

Je me suis retenu à un appuie-tête pendant un long moment.

Je me suis retenu pour me retenir, pour ne pas vomir, pour m'accroupir, pour réfléchir et pour soûl… saoul… soupeser le pour et le contre d'une telle disgrâce.

(Rond dans un carré, putain.) (Un carré *famille*.) (Et côté fenêtre en plus.) (Loin du bar.) (La camisole de force, quoi.) (La cellule de dégrisement.) (Le gnouf.)

Ô bonne mère. Ô bourrique.

Qu'est-ce que je disais déjà? Ah, oui, que je me tâtais accroupi au-dessus de la moquette quand quelqu'un a essayé de me marcher sur la tête avec une valise à roulettes.

Ouille.

J'étais là, j'étais là bourré, j'étais labouré, j'avais mal, j'ai gémi et je suis allé me vautrer deux fauteuils plus loin.

Une saloperie de mémé m'en a délogé fissa.

J'ai alors rampé vers celui d'en face et à la gare suivante (Bayonne) (ou Dax peut-être), une voix non encore identifiée m'a demandé, vaguement confuse, si je ne m'étais pas trompé de siège. Par hasard.

Misère de misère. Je n'avais pas fermé l'œil depuis trois jours, j'avais bamboché, j'avais surfé, j'avais nagé, j'avais enterré la vie de garçon d'un pote, je l'avais marié à une ex, j'avais chanté, j'avais dansé, j'avais ri, j'avais bu, j'avais fumé, j'avais ricané, j'avais pris des trucs, j'avais phasé, j'étais monté, je m'étais perché, j'avais pédalé dans la Voie lactée, je m'étais roulé un spliff au piment d'Espelette, j'avais perdu mes dents, j'étais redescendu, j'avais pêché, j'avais comaté sur la jetée, j'avais bu un dernier verre avec ma cousine au buffet de la gare, j'avais composté sa chatte en me relevant, je m'étais excusé, j'avais sauté dans le premier wagon venu, je déphasais, j'étais confit, je cuvais, je couvais, je couvais quelque chose, j'incubais une myxomatose, je recomptais mes quenottes et j'essayais désespérément de me souvenir où j'avais mis ma canine, mes cheveux, ma ceinture, les clefs de mon scooter, ma montre et ma dignité. J'étais en call conférence avec mon jumeau maléfique pour qu'il m'arrange le coup, ça captait moyen et je n'avais pas DU TOUT envie d'être tiré de mon coma éthylique une troisième fois. Je suis donc retourné dans mon panier, pardon, dans mon carré, sans demander mon reste.

J'ai emmerdé les trois autres passagers en leur marchant sur les pieds et en m'affaissant à moitié sur leurs genoux au passage et j'ai enfin rejoint ma petite plaçounette à moi.

Je me suis lové autour de mon accoudoir et j'ai posé mon front contre une vitre bien moelleuse.

Mhmm.

Que c'était bon.

Coucouche panier papattes en rond, comme disait ma grand-mère.

Parce que je venais d'être réveillé par cette étrange créature venue de Bayonne (ou de Dax), j'ai fermé les yeux, mais je ne me suis pas rendormi tout de suite.

Je somnolais. Je rêvassais. J'essayais de coincer la bulle mais en douce, à la régulière, sans trop compter sur les moutons. J'étais bien, je ronronnais, je dodelinais, j'étais bercé par le chuin-chuin des rails.

Je m'étais mis des barres pendant trois jours et là j'étais dans le train de la mine. J'expirais mes coups de grisou et je tchoutchoutais en sourdine.

Et j'entendais au loin, sur une autre planète, en décalé et dans un retour casque un peu sale, le vrai bruit de la vraie vie des vraies gens.

J'avais été DJ dans ma folle jeunesse et je me mixais ma berceuse. Je samplais tous les sons de

la voiture 12 et j'en alambiquais une petite zique
d'ascenseur très zen et très douce au paracétamol
et à la citrate de bétaïne.
  Tijivi's lounge.

2

J'étais calé, je me serrais dans mes bras et je rembobinais les meilleurs moments du week-end.

Je m'étais donné à fond pendant ces trois jours parce que tout cela n'était plus de mon âge et que j'avais eu souvent le pressentiment que j'étais, moi aussi, en train d'enterrer ma vie de garçon... (trop gras pour ma vieille combi) (trop lourd pour ma vieille planche) (trop rouillé pour ces grandes vagues) (trop raide pour ces petits gadins) (trop jeune pour mourir) (trop vieux pour intéresser encore les minettes du Bikini contest) (trop fourbu pour tenir l'alcool) (trop alcoolisé pour tenir la distance) (trop gros pour faire le chippendale) (trop léger pour donner des regrets au père de la mariée) (trop lent pour la pelote basque) (trop déchiré pour peloter qui que ce soit) (trop fatigué pour jouir) (trop animal triste pour en rire) (trop rien) (trop tout) (trop de rien dans tout), oui, j'avais eu souvent le pressentiment que la dernière heure du branleur avait sonné. Que j'étais devenu vieux.

Vieux, gris, triste, pollué.

Que Paris m'avait maté.

J'avais trente-trois ans, au même âge un mec plus barbu et plus chevelu que moi avait envoyé autrement plus de bois et il était temps, Seigneur Jésus, de prendre mon destin en main et de faire quelques miracles sinon, à ce train-là, c'était toute ma vie que j'allais finir par enterrer.

Je rêvassais disais-je et je souriais en revoyant les bandes-annonces.

… Le trajet aller dans la voiture de Nathan… Les deux mecs qu'on s'était fadés en BlaBlaCar pour nous payer l'essence. Un Patrice (Patoche) chopé à la porte d'Orléans et un Momo (Mohammed) récupéré à Poitiers. (Sorry, Charles Martel, sorry man.)

Patoche, on lui a mis « Parfait » en BO (il avait du bon son dans son téléphone) (Motown à fond), « Très bien » en parlote (il ne parlait pas), « Bien » en convivialité (il nous a payé le café), « Décevant » en conduite (il n'avait plus de points) et « À éviter » en look (pantacourt mi-mollet avec la fermeture Éclair intégrée pour faire shorty en cas de gros temps) et Momo, lui, on lui a mis « Parfait » en tout (il a dormi comme une souche de l'appareillage au largage) mais « Décevant » en choriste (ses ronflements gonflaient les Supremes).

Their heart can't take it no more.

… L'enterrement d'Arthur… Dîner de beaux gosses au Grand Hôtel de Biarritz. On était tous sapés comme des milords puis virée le long de la corniche et gros décapsulage au club Pandora où une demoiselle légère et court vêtue avait dénoué nos cravates en dernier et nous avait tous encordés à sa façon…

Je gloussais dans mes rêveries.

… L'arrivée de Camille… De ma Camille, de la Camille que j'avais tant aimée au bras de son papa dans l'église du village où nous avions passé nos premières vacances en amoureux. La chambre que sa maman nous avait préparée avec des draps très épais qui sentaient la lavande et des roses sur la table de nuit. Ma belle Camille. Ma si jolie Camille. Ma ravissante Camille au son des orgues.

Ma Camille qui se mariait en blanc mais qui n'était plus vierge, la coquine. Je le savais et sa maman l'avait deviné aussi, je crois. Elle n'osait jamais lui adresser la parole au petit déjeuner.

... Le joli sourire qu'elle m'a adressé par-dessus l'épaule de son presque mari en arrivant près de l'autel.

Tendre. Radieux. Cruel.

La danse qu'elle m'a accordée en fin de bal et les sourires que j'avais alors décochés à son à peine mari depuis les épingles de son chignon... Un peu défait déjà. Un peu lâche.

Tendres. Radieux. Cruels.

... Les journées sur la plage... Le soleil, les vagues, les amis. Certains depuis tout minots. Depuis les épuisettes et le club des Petites Crevettes.

Nos baignades, nos poilades, nos palabres, nos barbecues, nos toasts au jambon de pays, à l'ossau-iraty, au rosé, à l'amour, aux mariés, aux cocus et à la vie.

Nos départs plus ou moins dans l'axe à l'assaut des vagues et nos retours en chiens mouillés. Vaincus, rétamés, penauds. La queue en bigorneau et le haut de nos combis pendant mollement entre nos jambes.

… Notre dernière partie de pêche depuis la jetée de notre enfance et notre dernier concours de plongeons entre ces rochers qui rendaient nos mères hystériques.

… Nos mamans qui n'étaient plus là pour nous étriller après nos exploits quand nous revenions auprès d'elles en grelottant de joie et d'effroi. Nos mamans qui nous débleuissaient les lèvres en nous chauffant les oreilles. Celle d'Arthur qui était retournée au manoir de location parce qu'elle était en bisbille avec le traiteur (une sombre histoire de caisses de champagne manquantes) (hum hum…) et la mienne qui n'était pas venue nous gronder cet après-midi-là parce qu'un mauvais crabe l'avait emportée vers d'autres rivages pendant l'hiver.

… Ma maman qui était maîtresse d'école et sans laquelle le marié, il l'a redit au moment de découper son gâteau en nous faisant tous chialer, cet âne, n'aurait jamais pu écrire un aussi long et aussi joli discours.

… Notre dernière gaufre avec Arthur et son coloc avant mon départ et nos doigts que nous léchions très lentement et très consciencieusement tout en matant un banc de jeunes sardines espagnoles en goguette.

Nos doigts à la crème chantilly et au sel de mer.

... Nos...

Momo et les Supremes, au temps pour moi, je crois bien que ce sont mes ronflements qui m'ont réveillé.

Je ne m'entendais plus rêver.

Mes paupières se sont difficilement décollées, j'ai passé ma main sur mon visage pour le ravaler et j'ai senti, à la coulure dans ma paume, que j'avais dû, en sus, pas mal baver entre deux borborygmes et trois grognements d'ivrogne.

Hey. Joe-la-classe.

J'ai ouvert les yeux et je les ai refermés aussitôt.

Le con.

Il y avait deux filles en face de moi. Une moche qui a aussitôt baissé la tête en se marrant et une canon qui m'a torpillé du regard avant de renquiller ses écouteurs dans un soupir excédé.

Le con.

La moche, je m'en foutais, mais la jolie ça me tuait.

J'ai gratté encore un peu de somnolence histoire de me recomposer une gueule de killer à peu près décente et je suis revenu dans la partie, mon carré bien en main.

Je me suis redressé, je me suis rajusté, j'ai rentré ma chemise dans mon pantalon, j'ai arrangé mon col, je me suis recoiffé (gel à la bave de zombi, tenue garantie), j'ai lissé mes sourcils, j'ai passé ma langue sur mes lèvres desséchées par l'alcool et les embruns et je me suis remis en mode chasse et cueillette.

Mains qui rabattent, soupçon de dédain pour marquer l'arrêt, regard qui tient en joue et sourire qui embroche.

Je parle de l'avion de chasse évidemment. L'autre, y avait rien à braconner, elle était déjà embusquée dans un livre.

Le problème c'est que je mourais de soif et que j'avais très envie de pisser, mais que je n'osais plus me faire remarquer avec mes sécrétions.

Donc je matais de tout mon cœur, mais le cœur n'y était pas. Le cœur était dans la vessie.

Pas concentré, le garçon. Pas concentré du tout. Ou alors concentré, mais mauvais : le boulet m'indifférait et le canon m'ignorait.

Bon, mauvais, OK. Ça arrive.

Mauvais, mais pas seulement. Il y avait encore un truc qui me chiffonnait, là…

Ma maman, comme je l'ai dit plus haut au moment du gâteau, était institutrice.

Institutrice avec un grand I comme dans Instruction Intelligence et Imaginaire dont elle avait été, sa vie durant, l'Indéfectible Instigatrice.

Les livres, ça comptait à la maison. Ça comptait beaucoup même. Et encore aujourd'hui, ça compte beaucoup dans la mienne.

Dans la pauvre guitoune, dans la vieille âme immature et dépenaillée qui me tient lieu de résidence principale, les livres, la culture, ça déblaie, ça étaye et ça monte des murs porteurs tous les jours depuis toujours.

Or là, quelque chose ne passait pas la porte : la jolie (peau superbe, teint hâlé, yeux d'agate, nez parfait, bouche à adorer, cheveux à caresser, seins à se damner, joues à baisers, lèvres à baisers, cou à baisers, poignets à baisers, mains à baisers, bras à baisers, corps à... euh... à béatifier) lisait de la merde (je vous laisse imaginer le pire) (non, non, plus nul que ça encore) (genre pseudo-roman de pseudo-gourou pour le développement personnel de la vraie nunuche qui souffre en vous) et la moche (plate, pâlichonne, émaciée, mal attifée, cheveux verdâtres, lèvres mangées, mains abîmées, ongles en deuil, sourcil piercé, nez percé, poignets tatoués, oreilles cloutées, corps à défroquer) lisait le *Journal* de Delacroix.

Ah, Cupidon! Ah, mon coquin!
Que tu es taquin, petit fessu.
Que tu es taquin et comme tu joues avec les nerfs de ton pauvre gibier sans défense...

La jolie se développait personnellement en consultant l'écran de son téléphone à chaque retour à la ligne et la moche mordillait l'ongle (noir) de son pouce droit en lévitant dans les pages de son bouquin sans rien voir au-dehors.

Parce que ses lèvres devenaient noires aussi, j'en ai déduit que ce n'était pas de la crasse sous ses ongles, mais de l'encre. De Chine probablement. Oui, de Chine. Un grand carnet à spirale lui servait de tablette et une trousse dégueulasse béait sous la fenêtre. Au milieu de tant de disharmonie, voilà qui semblait cohérent. Celle-ci, du moins, avait trouvé gourou à son pied.

Bon.
Pipi.

J'ai dérangé tout mon petit monde et suis allé me soulager.

En sortant de mes ablutions, le pantalon et les

mains également humectés (c'est si exigu et si mal tenu ce petit endroit), voilà-t'y pas que ma bombinesque bombasse se prend la porte des toilettes dans la hanche.

Joe-la-classe, le retour.

Je me suis excusé, elle m'a ignoré, elle se dirigeait vers la voiture-bar, je l'ai emboîtée.

3

Elle lisait de la daube mais elle était vraiment appétissante, aussi ai-je sorti le grand jeu.

Et le grand jeu d'un gentil garçon comme moi qui avait été façonné par une maman féminine et un papa féministe, qui savait reconnaître un parfum de chez Dior, ses torts et un accent de Nice et qui revenait de trois jours au bord de la mer, je vous prie de croire que ça vous tire un canon vite fait.

Enfin vite fait, non. Soyons honnête. Il a fallu beaucoup payer, et de ma cagnotte (et ceux qui ont en tête le prix des consommations à bord d'un TGV compatiront), et de ma personne (qu'ils continuent). Oui, qu'ils continuent car ce fut une vraie danse du scalp. Et vas-y que je te flatte, et vas-y que je te parle de ton livre à la con, et vas-y que j'écoute tes confidences sur la souffrance de cette petite fille en toi que tu dois commencer par consoler si tu ne veux plus être la proie idéale des manipulateurs et des péhennes, et vas-y que...

– Péhennes?

– Pervers narcissiques.

– Ah, d'accord...

... et vas-y que je remette ça, et vas-y que la pupuche en toi choisit toujours les cookies les plus chers, et vas-y que je n'ose pas sortir mes tickets-restaurant pour ne pas passer pour un plouc, et vas-y que je te complimente, et vas-y que je te fasse pouffer, et vas-y que je te fasse glousser, et vas-y que je t'humecte toi aussi (oui, ma maman est morte à Noël et là, tu vois, j'étais descendu pour me recueillir sur sa tombe... oui, c'est triste... oui, j'ai mis du lilas... elle adorait ça... oui ça fane vite mais c'est le geste qui compte... et oui, tu es vraiment trop conne mais tellement bonne et oui, je suis vraiment très con mais tellement bon), et vas-y que je touche ton bras, et vas-y que je replace une mèche de cheveux derrière ton oreille, et vas-y que j'aie l'air trop sous le charme, et vas-y que j'en bégaie, même, oui, que j'en bégaye d'émotion, tu te rends compte? Mais... Mais c'est toi la manipulatrice ou quoi?! Attends, je suis en train de me faire complètement envoûter, là... Dis, tu me le prêteras ton livre pour m'aider à m'en sortir? Allez... Allez. Si on se marie un jour, tu le mettras

dans ton trousseau, d'accord? Que tu es belle...
Comment tu t'appelles, déjà? Justine? Comme
chez le marquis de Sade? Non. Rien. Que tu es
belle, Justine. Tu viens? On y va? Non, pas chez
moi, pas tout de suite, à nos places.

Et pourquoi tu t'arrêtes là?
Ah? Tu dois passer un coup de fil? À qui? À la
boutique Pronuptia? Non, à ton mec.
Ah?
À ton mec.
Ah, d'accord. Bon, ben, j'y vais, moi, hein. Tu
me donneras ton numéro quand même, princesse?
On pourra... On pourra rester amis.
Fuck.

Je suis retourné dans mon carré comme hier à
marée basse : rincé, sonné, charrié par les flots ; ma
vieillesse sous le bras et la queue entre les jambes.

Merde... elle était bien roulée.
Et puis j'avais tellement envie d'un câlin...
Surtout ce soir...
J'avais quand même marié ma fiancée à un
autre, merde.

Ma pietà de Delacroix s'était assoupie à son tour.

Je me suis rassis en face d'elle et je l'ai observée à contre-jour.

Elle me rappelait Lisbeth Salander, l'héroïne de *Millénium*.

Elle s'était amochée comme une grande avec toute sa quincaillerie et sa panoplie d'artiste gothico-punk mais elle avait l'air d'une toute petite fille dans son sommeil.

Une petite poupée endormie. Un rêve de péhenne.

J'essayais de la retoucher en pensée. Je la dé-barbouillais, je la décloutais, je la dépierçais, je la déteignais, je lui coupais les cheveux, je la désha-billais, je la rhabillais, je lui décalcomaniais ses tatouages et je crémais ses mains.

Je lui bricolais le châssis, je retendais ma toile et je léchais les poils de mon pinceau avant de les tremper dans un godet.

J'étais en plein repentir.

Ah là là… N'importe quoi.

Et l'autre cagole qui n'arrivait toujours pas. Mais elle lui parlait de moi ou quoi?

Tam ta dam! Joe-la-classe, la revanche.

Tu sais, chouchou, je viens de rencontrer quel-qu'un et il faudrait vraiment qu'on en parle parce que la petite Juju en moi elle a trop trop peur de reperdre sa totote, là...

Ou alors elle me racontait à l'une de ses copines de Nice... Mais si euh, je te jure... Comme ça, dans la voiture-bar... Mais ouais, là où y a le défibrillateur cardiaque au mur... Eh bé, si... Eh bé, comme je te le dis... Un Parisien trop trop beau... Visa Premier, chemise blanche, tout bronzé... Et orphelin en plus, tu te rends compte ? Hé, genre... Le gars, tellement chaud, il jutait déjà... Ça promet, hein ? Hi hi hi... De quoi ? Si je lui ai donné mon zéro-six ? T'es folle ou quoi... Les Parisiens, c'est comme la socca, ça se mange du bout des doigts... Hi hi hi.

Hi hi hi. Bercé par l'infini ressac de ma connerie, je me suis rendormi.

4

– Missié ! Missié ! P'wésentement, il faut parti'w, là ! Il faut sorti'w de ce t'wain, là ! Sinon tu vas fini'w au dépôt à Ga'wono'wr, tu sais.

Un tirailleur sénégalais (non, je rengaine, un Noir en uniforme marron et calot rouge, un agent de nettoyage, mais je ne sais pas comment le désigner sans passer pour un petit Blanc raciste) (un cousin de la plutôt jolie Lily qui venait des Somalis, disons) (ce n'est pas tellement plus correct politiquement parlant, mais ça me permet de passer en douce une chanson de Pierre Perret que ma maman aimait beaucoup et qu'elle a transmise à des générations d'enfants à l'âge où la maîtresse a toujours raison et où tout s'apprend avec le cœur).

Bon. Je la refais :

– Monsieur, monsieur... réveillez-vous. Vous êtes arrivé à Paris.

Ouh que j'étais mal. Ouh que j'avais froid. Ouh qu'il faisait sombre. Et ouh que j'étais seul au monde dans ce compartiment fantôme.

Le bruit des aspirateurs me vrillait les tympans, j'ai grimacé, j'ai soupiré, j'ai tiré sur la peau de mes joues en papier de verre, je me suis ébroué et j'allais m'extirper enfin de ce maudit carré quand j'ai remarqué une feuille de papier posée sur la tablette.

C'était une page arrachée d'un carnet. C'était un dessin. C'était moi.

C'était moi qui souriais dans mon sommeil.

C'était moi qui remerciais Nathan, Patoche, Momo, Arthur, Camille et tous mes amis d'être encore en vie.

D'être toujours en vie.

Et comme j'étais beau... Pardon, comme ce portrait était beau. Si beau que j'osais à peine me reconnaître.

Mais si. C'était moi. Un moi heureux. Un moi que je n'avais pas croisé depuis des siècles. Un moi qui n'était pas si vieux en vérité. Ni si con. Ni si décalqué. Un vrai moi. Un joli moi. Un moi à main levée. Un moi que l'on avait aimé, un peu mais vraiment, le temps de m'esquisser.

Et sous ce lavis à l'encre de Chine, une très jolie écriture, très élégante et très harmonieuse me légendait ainsi :

Nous vivons une vie, nous en rêvons une autre, mais celle que nous rêvons est la vraie.

Je ne sais pas pourquoi, mais j'ai dessoûlé d'un coup, là. Une chape de tristesse s'est abattue sur moi. Je ne sais pas pourquoi. De me voir si con en ce miroir peut-être…

J'ai pris mon cadeau et je suis parti.

5

C'était un train composé de deux rames, le quai n'en finissait pas de s'allonger devant moi, la nuit était tombée, j'avais déjà le mal du pays et personne ne m'attendait nulle part.

J'ai marché longtemps vers la lumière blafarde de la gare Montparnasse en tâtant toutes mes poches à la recherche de mon putain de trousseau de clefs.

J'ai cru que j'allais pleurer.

Le contrecoup sûrement.
Le contrecoup. La fatigue.

Mes yeux qui n'y voyaient jamais rien, mes yeux qui perdaient toujours tout, mes yeux d'infirme, mes yeux me piquaient.

Je ravalais.
Je ravale toujours.
La fameuse technique du plongeur enrhumé.

6

– Ce ne serait pas à toi par hasard?

Tout au bout du quai, au niveau de son embou-
chure, une des filles de mon carré me tendait son
bras au bout duquel tintinnabulaient des clefs.

Laquelle?
Oh, mais celle que vous voudrez, mes amis!

Esprit d'Henri, je te remercie.

Table

Ce 365e titre du Dilettante
a été achevé d'imprimer à
99 999 exemplaires le 31 mars
2017 par l'Imprimerie Floch
à Mayenne (Mayenne). Il
a été tiré, en outre,
22 exemplaires sur vélin
rivoli blanc, numérotés à
la main. L'ensemble de
ces exemplaires constitue
l'édition originale de
« Fendre l'armure »,
d'Anna Gavalda.

Dépôt légal : 2e trimestre 2017
(90957)
Imprimé en France